FRANK MILLER'S SIN CITY®

Original Creative Team

publisher
MIKE RICHARDSON

editor
BOB SCHRECK

cover gallery color
LYNN VARLEY

sin city classic logo design
STEVE MILLER

cover design
CHIP KIDD

book design
MARK COX
CHIP KIDD
LIA RIBACCHI

SIN CITY: The Big Fat Kill
by Frank Miller

FRANK MILLER'S
프랭크 밀러

THE BIG FAT KILL 도살의 축제

씬시티3

세미콜론

CHAPTER 0

적당히 하시지
아니면 밤새 그러고 있든지. 죽으면 죽었지 당신 따위 들여놓을까 봐?
쾅 쾅

셸리, 어떻게 이럴 수가 있어. 우리가 함께한 순간들… 그게 자긴 그립지도 않아?
왜, 엄청 그립지. 얼음주머니로 얼굴의 멍을 식히던 날들도 그립고 멍들고 부은 얼굴의 웨이트리스한테 아무도 집적대지 않아서 놓친 팁도 그립고.
손님들은 집적댈 셈이 아니면 나한테 술도 안 시킨다구. 그러면 팁도 안 줘. 팁 못 받으면 집세도 못 내지. 길에 나앉을 뻔까지 했어. 이게 다 우리가 '함께한' 덕분이지 뭐.
게다가 얻어터지는 건 아무래도 즐겁지가 못해. 그게 이해가 안 간다면 그쪽이 제정신이 아니란 증거지.

화났다 이거지. 뭐 다 용서해 줄게. 지금 그 말 다 진심인가 본데, 그러니까 천천히 얘길 나눠보자는 거야. 자길 위해서. 자긴 날 완전히 오해하고 있어. 제발, 마음을 바꿀 건덕지가 정말 없어? 요만큼도? 사랑이 들어갈 자리도?

아, 듣자듣자 하니 뒷골 땡기네! 제발 좀 현실에 눈을 떠! 이게 지금 연인들끼리 아웅다웅하는 거야?
이건 싸우고 말고 할 문제가 아니잖아. 어떤 돼먹지 못한 놈의 사탕발림에 넘어가 침대에 들여놨더니 마누라가 있었더라고? 그렇게 매일 술이 떡이 되면서도 어떻게 잘도 숨기데?
거기다 그 어떤 놈은 여자 패는 게 남자다운 줄 아는 덜떨어진 개자식이거든!
셸리. 이거 너무하잖아.
가서 문 열지, 셸리. 뒤는 내게 맡기고.
쉽지 않게 보이고 싶은 건 봐줄 수 있어. 하지만 너무 긁진 마. 좋은 말로 할 때 들어.
쉽지 않은 게 아니라 절대 안 되는 거야. 제발 부탁이니까 치료나 좀 받아 봐, 재키보이. 정신과라든가 그런 데로 좀 꺼지란 말야.

참자 참자 하니까 정말 너무하는군. 문이나 열어. 얘기를 하자구. 오해는 풀어야지.
나 준비 됐어.
자기가 나랑 여기 있는 걸 알면 감당이 안 돼. 더 말하지 마요. 내 집에서는 내 말 들어. 당신은 빠지는 거예요, 드와이트.
안 돼요, 드와이트. 맙소사. 자긴 빠져.
당신 말 듣지. 그렇지만 조심해, 셸리. 놈은 잔뜩 퍼마셔서 거칠어져 있어. 복도에는 동행이 넷이라구. 다들 놈 못잖게 취해서 헐떡대고 있어.
거기 분명 누구 말소리가 들렸어, 방금. 자기 누구랑 같이 있어? 가르쳐 줘. 그 정도는 해야 되잖아.
누가 있냐구? 재키보이, 아프리카 짝짓기 축제 중이야. 베이신 시티 블루스의 주전 다섯 하고도 벤치의 절반이 와 있지. 상대해 보시게?

정말 화나게 만드네.
나 인종주의자 아니야.
내 친구들을 보라구…. 그렇지만
자긴 날 제대로 긁고 있어.
그런 식으로 입을 놀리다니.
나 지금 참고
있는 거 알지.
그리고 내가 너무 점잖아서
지금껏 말을 안 했는데, 난 언제든
이 빌어먹을 문짝 쯤은 걷어차서
쪼개 놓을 수 있다고. 그러면
어떻게 될지 나도 책임 못 져.
나 알면서
그래, 자기.
내가 못할까 봐?
이렇게 점잖게
굴다니, 나 정말
많이 참는다.
알았어요, 알았어.
열어 줄게요.
잠깐만요.
허,
맙소사--

패거리를 죄 끌고 왔잖아요! 이 주정뱅이들은 왜 만날 당신한테 붙어다닌대?
좋은 생각이 있어.
정말 굉장해. 여기 오는 동안 떠올랐는데 이 친구들도 대찬성이야. 자기 가게 친구들을 부르는 거지. 그리고 씬시티의 바란 바는 싹 돌자구. 끝내주겠지?
어이! 맥주 받아!
주정뱅이? 나 같음 팼다.
콰당!
'놈팽이'? 아주 그냥 들이대는구만. 벌써 팼어야지.
어이, 스톨리. 진정하라구.
누굴 불러? 당신이랑 저 놈팽이들을 내 친구들이랑? 웬수라면 모를까!
잠깐! 이게 뭐지?
남자 셔츠를 입고 있잖아…. 이게 내 거면 장을 지진다! 도대체 무슨 빌어먹을 짓거리야!

거짓말할 생각 마, 이 더러운 년! 그 짓거리를 한 냄새를 아주 뒤집어썼구만! 딴놈이랑 있었군! 그것도 방금 전까지!
헐, 나 같음 죽였어.
꿀꺽
일부러 그런 거지! 이 냄샐 맡으라고 나랑 내 친구들까지 들여 놓은 거지! 날 망신주려고! 어디 내가 참을 줄 알아? 그 자식 어딨어!
그이는 슈퍼맨이야. 옛날에 떴지. 당신들 소리 듣고 창문으로 날아서. 어지간히 겁을 줬어야지.

지금 농담이 나와? 난 감정도 없는 줄 알아? 너 땜에 내 속이 어떤지 아냐구!
그 자식 어딨어!

이게 또 날 모함해!
그것도 내 친구들 앞에서!
거짓말 마! 난 평생
여자를 때려 본 적이 없어!
단 한 번도!
어차피 때릴 거면서
뭘 뜸을 들여,
이 메스꺼운 놈아!
퍼억
쿠웅
이런!
잘 했어!
맛 좀 봐야지.

빌어먹을 개자식!
이 비겁한 놈아!
펄펄 뛸 거 없잖아,
자기. 좀 여유를 갖고 즐겨.
너랑 나랑 친구들이랑….
재밌을 거야, 그치?
바로 돌아올게.
물 좀 빼고.
좀 일찍 오지, 재키보이.
내 애인이 얼마나
남자다운지 보게 말야.
또 시작이군.
자꾸 이럴래?
이 계획 얼마나
힘들게 짰는데,
이 따위로
성질을 긁어?
그렇지만
통 큰 내가
봐주지.
뭐 고마워할 거라는
생각은 전혀 안 들지만.

정말 통 큰 남자야.
늘 남을 생각해주거든.
우리는 술값 한 번 낸 적이
없다구. 빅잭이 늘 쏘거든.
정말 멋쟁이야.
퉤엣
뭐 욱하는 성질이야
있지만… 아가씨 탓도
있네.
원래 그런 남자니까
아가씨가 참아야지. 내 성질이라면
걱정 마. 신사에다 로맨틱하거든.
아가씬 정말 예쁘고 말야.
닥치고 손 치워.
안 그럼 거시기를
잘라버리겠어.
우우우,
무서워라.

어유, 그렇게 입고서 거리로 나가시려고? 저 밖이 얼마나 험한데. 게다가 아가씬 전화를 걸어 주셔야지.
맞다! 그렇지! 자기 친구한테 전화해야지! 술집 친구들! 서두르라고 해! 짧은 밤 다 가기 전에!
그리고 그 댄서도 불러! 그 올가미를 쓰는…. 이름이 뭐였더라? 낸시, 맞지?
맞아! 낸시는 꼭 불러! 올가미도 들고 오라 그래!
끝내주겠군! 즐겨 보자구!

왜 전화 거는 소리가 안 들리지, 셸리.
자꾸 이럴 건가….
슬슬 재미없어져, 셸리….
대답해, 빌어먹을!
청승 그만 떨고!
안녕, 난 셸리의 새
남자다. 좀 돌았지.

두 번 다시 셸리한테 말 걸거나… 이름이라도 떠올렸다간… 여자한테 영영 쓸모없는 몸이 될 거다.
너 제대로 실수하는 거야, 아주 제대로.
그런가? 자네도 마찬가지야. 변기 물을 안 내렸잖나.
어어, 안 돼…

꿀럭
꿀럭
꿀럭

우웨엑
커헉
쿨럭
개자식…,
두 동강 내주마!
응? 어디…?
맙소사… 내가 뭘
어쨌다고….
야! 가자!
여길
떠야겠어!
아무것도 묻지 마!
빌어먹을,
입들 다물어!
드와이트…,
어떻게
한 거야?

별로…. 쓴 맛 좀 보여줬을 뿐이야. 다신 성가시게 안 굴 거야. 겁주기 쉬운 타입이지. 다만 놈의 행방이 걱정인데….
턱은 좀 어때?
이 정돈 약과예요.
드와이트…. 옛날 일이예요. 믿어 줘. 자기가 새 얼굴로 다시 나타나기 전에. 그냥 불쌍해서 그랬어.
딱 한 번.
바보짓 한 거 알아요.
나 역시 그 바보짓 중 하난데 어떻게 당신을 탓하겠어, 셸리.
허나 놈들이 걱정이군. 내버려두면 누가 죽을지도 몰라. 나중에 전화하지.
안 돼! 가지 마요!

셸리의 외침은
지나가는 경찰 헬기
소리에 묻혀 버린다.
"멈춰!" 처럼
들리긴 했지만,
아닐 수도 있다.

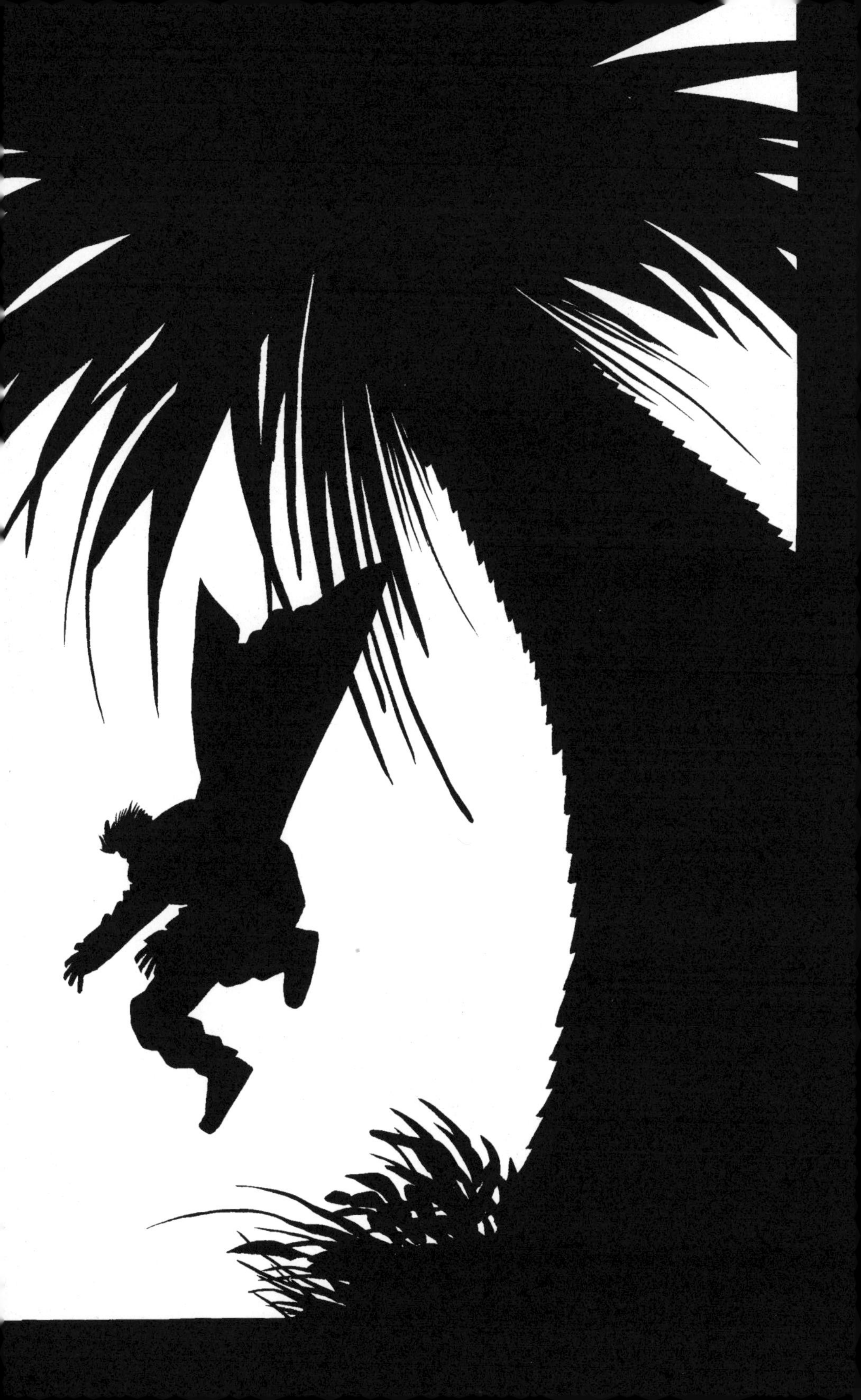

빌어먹을,
드와이트.
바보….

지옥에서 뛰쳐나온
박쥐마냥 언덕으로
내지르는 재키보이를
뒤쫓아 캐딜락의
기어를 넣고 공원을
가로지른다.
놈의 상태로 보건대
내가 자기 친구들
틈에 끼어 뒷좌석에
앉아 있다 해도 못 알아
챌 터다. 그러니 눈치
볼 것 없다. 턱없이 빠른
85마일을 밟아 놈의
뒤를 바짝 따라붙는다.
세상 모든 골칫거리에
맞설 준비를 한다.

과속은 경찰의 표적이
되기 쉽다. 그리고
얼굴을 바꾼 살인자,
지문조회 한 번이면
가스실에 처넣어질
나 같은 자라면,
그렇게 되는 것만은
어떻게든 피해야 한다.

이런 위험을 무릅쓸
처지가 아니다.
하지만 나 몰라라하고
재키보이와 그 짝패들이
날뛰게 놔둘 수는 없다
놈들은 피에 굶주린
맹수들이다.
그것도 여자 피에.

놈들은 목적을 이루지
못할 거다. 손에 피를
묻히는 걸 앞당길 생각
없지만 그래야 한다면
그래야지.

순간, 빠르게
가까워지는
불길한 울음소리.

경찰이다.

하필이면 찔러줄
현찰도 없는 이때….

현찰이 있다 한들
누가 알겠나. 상대가
정직한 경찰일지.
만약 내 가짜 신분증에
속지 않는다면?
말로 빠져나가야 하나?
아니면 해치워 버리고
모든 걸 운에
맡겨야 하나?
그 순간
재키보이가 날
이 골칫거리로부터
건져준다.
이야아아
경찰은 이제
그를 쫓는다!
배배 틀렸던
창자가 제자리로
돌아온다….
빌어먹을!
…순간 깨닫는다.
우리가 어디로
향하고 있는지를.
창자가 이전보다
더 꼬이기 시작한다.
그나마 살아는
있구만!

재키보이는 곧장
올드타운으로 간다.

빌어먹을!

다 잘 되고 있었다.
경찰이 놈들을 세워
최소한 음주운전에
무허가 권총 두 정은
걸고 넘어졌을 텐데.
더욱이 놈들은
기특하게도 체포에
저항했을 것이다.
감옥에서 몇 달은
썩어야 할 테니
누구도 피해를
입지 않을 터였다.

그런데 틀렸다.
저 얼간이가 기어이
올드타운으로
향하고야 만 것이다.

경찰차의
사이렌이 꺼진다.
판단이 안 서는 거다.
여기는 올드타운.
경찰이 법이 아니다.

아가씨들이 법이다.
아름답되 무자비하다.
현찰이 두둑하고
서툰 짓을 삼가면
이곳은 남자들의
천국이다.
그렇지만 삐끗한 순간,
죽은 거나 마찬가지다.

경관 나리, 제발 차를
돌려서 여길 뜨시지.
재키보이는 내게
맡기고. 그 편이 나아.

여기 아가씨들을
잘 알잖나.

올드타운에서 경찰이
죽어서는 곤란하다.

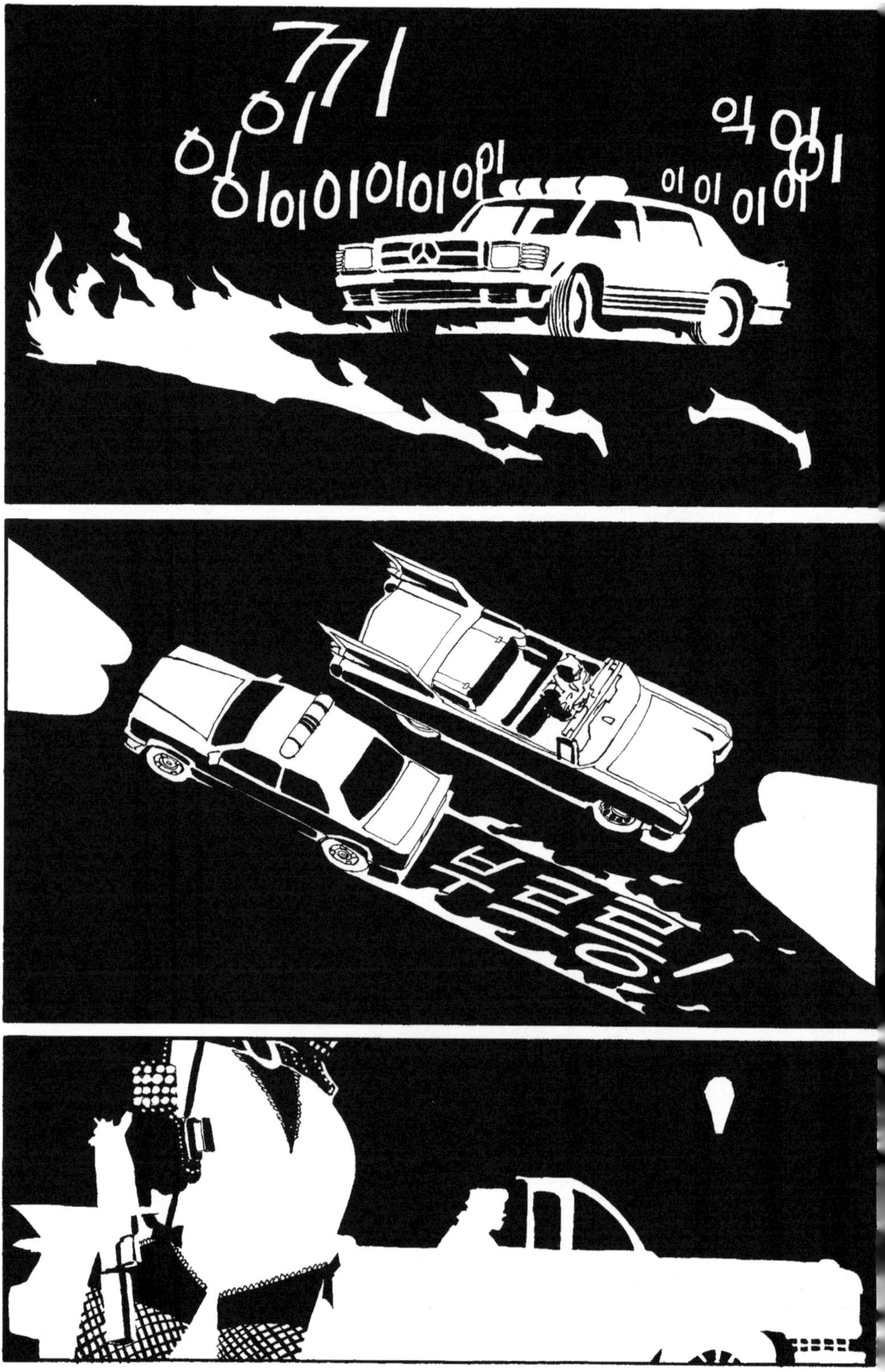
끼이잉이이이이이이잉
이이이이잉
익
부르릉!

경찰차가 내빼는데!
내가 뭐랬어? 내 말 맞지?
자네야 늘 옳지, 잭. 누가 뭐래.
다만…
여기 아가씨들 얘길 들었는데 여기서 실수 했다간….
실수는 무슨 실수?
놈들은 천천히 전진한다. 빛과 행인들을 피해서, 홀로 떨어진 무방비한 여자를 찾아서.
먹이를 찾아서.

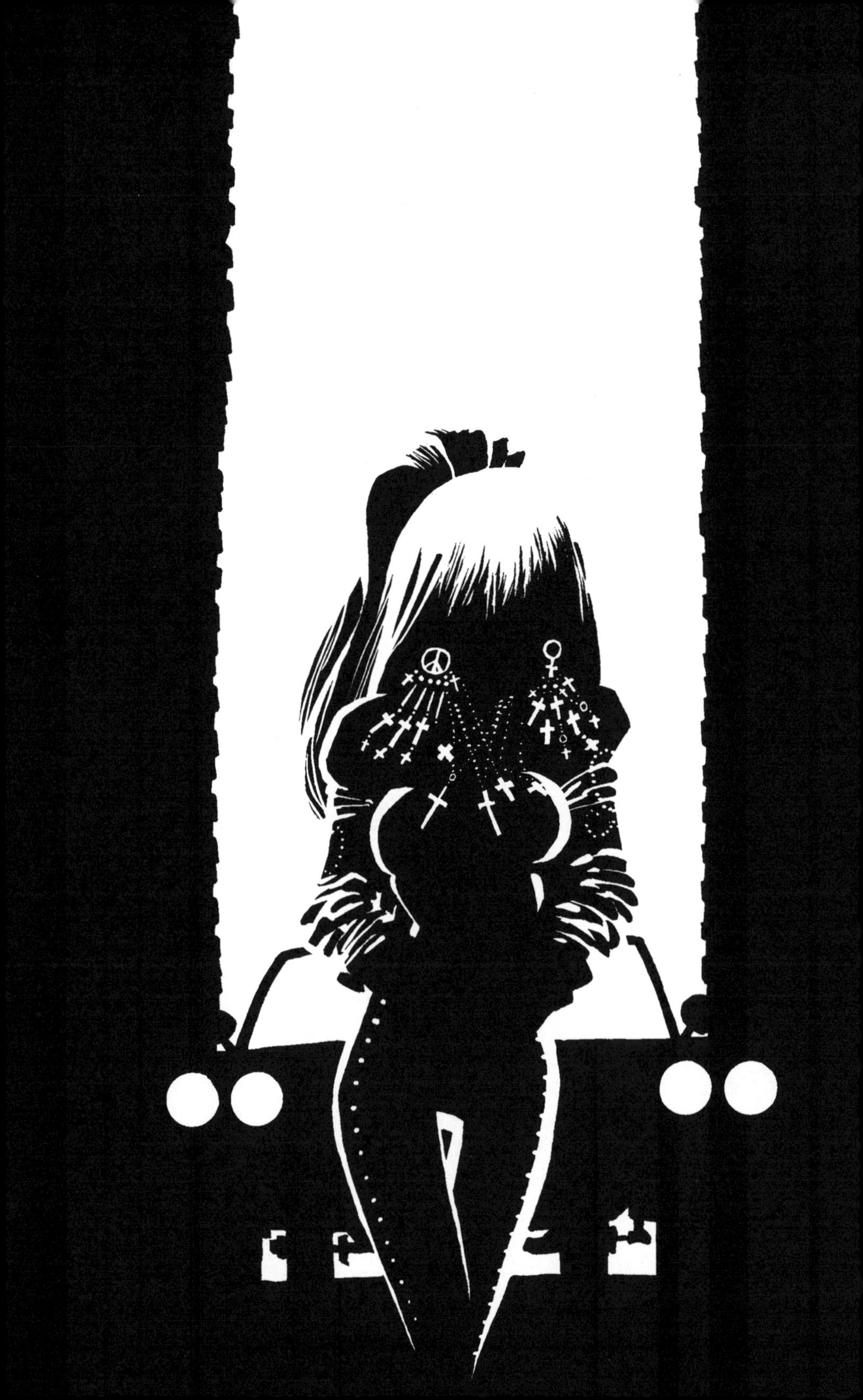

이쁜 아가씨,
타요.
데려다 줄게.
잘해 줄게.
고마운데
밤엔 일 안 해요.
오늘은 피곤
하기도 하고.

완전히 녹초예요. 그리고 각자 전문이 따로 있는데 난 그룹은 상대 안 해요.
일단 타라니까, 아가씨. 그냥 얘기만 하자고. 좋게 좋게. 나 돈 많아.
미안해요. 난 말상대도 안 해.
이쁜 아가씨, 나 오늘 하루 진짜 힘들었다구. 가는 데마다 얻어터지고. 거기다 내가 힘들게 번 돈이 창녀한테까지 퇴짜 맞으면, 그것까진 못 참지!

진정해요, 자기.
세상 끝난 것도 아니잖아요?
딜런 가의 앨러모로 가 봐요.
마시가 상대해줄 거예요.
아미고랑 헷갈리지 마요.
거긴 호모들 가는 데야.
지금 날 놀리는 거지,
안 그래? 사람을 이렇게
망신 주다니.
내가 뭘 어쨌다고 날
놀리는 거야!

!
거기까지,
드와이트.

우린 놈들이 경찰을 꽁무니에 달고 나타났을 때부터 감시하고 있었어. 안심하고 물러앉아 구경이나 해.
그녀와 논쟁해도 소용은 없다.
아가씨들은 여기 법이다. 아름답되 무자비하다.
그들에겐 강력한 집행관이 있다.
놈들이 탄 플리머스가 창문이 없는 한적 골목으로 접어든 화가 나서 웅얼대 재키보이의 목소리가 높아진
불쌍한 자식. 안쓰러울 정도다. 그와 저 덜떨어진 낙오자 패거리.
눈 뜨고는 못 볼 광경이 될 거다.

CHAPTER TWO

밤은 더할 수 없이 뜨거워졌다. 공기가 마찰로 파지직거린다. 바람이 미친 듯 날뛴다.
폭풍이 다가오는 것이다.
열 오른 흑표범처럼 게일이 가르랑거린다. 마치 수은처럼 출렁대며 천국 가이드 투어처럼 정신을 홀린다.
이렇게 차려입은 여자가 눈에 띄지 않는 건 이 부근뿐일 거다.
혹은, 눈에 띄는 것이 바로 그녀가 오늘밤 이 옷을 고른 목적인지도 모른다. 그걸 통해 자신을 속속들이 보여주고 날 미치게 만드는 것이.
그건 제대로 먹혀들었다. 20야드 안에서 온갖 죽음의 행렬이 펼쳐질 판인데도 그녀로부터 눈을 떼기가 힘들다. 아니, 아예 불가능하다. 그녀 역시 모를 리 없다. 조용한 웃음이 그녀의 목소리에 잔물결처럼 퍼져 있다. 그리고 그녀의 완벽한 육체 구석구석에도….
그래, 그 술집 여급은 잘 있어? 숨도 안 쉬고 떠들던.
그 얘긴 다음에 하지.

왜 그리 딱딱해? 당신은 그게 문제야. 너무 걱정이 많아. 아, 하나 더 있지. 여자 보는 눈 없는 거.
저 아래 광대들…. 그 아가씨 애인들이야?
자기가 애인인 줄 아는 놈이 있긴 해. 망나니지. 놈이 아가씨들을 해치지 못하게 따라왔어.

"아가씨들"
그녀가 낄낄댄다.
"우리 여리고 어린
아가씨들." 그녀의
영업용 웃음은
죽은 자가 아니면
무시 못 할 것이다.

그러나 그게 나다.
죽은 자. 난 죽은
채로 있을 것이다.
그래야 한다.

그녀를 보지 마라,
영리한 쪽의 내가
말한다. 침착해라.
냉정해라. 불장난은
그만둬라. 불장난의
결말은 잘 알잖나.

넌 살인자다. 잊지 마.
이 손에 묻은
무고한 피는 어떻게
해도 씻어지지 않는다

심장 고동이 느려지고 상념에서 깨어난다. 게일이 아직 얘기 중이다. 셸리더러 수다쟁이라더니.
아가씨들은 안전해, 흑기사님. 그렇지만 저 고물에 탄 애송이들은 살짝만 삐끗해도 미호의 쇼를 보게 될 거야. 그녀는 싸움에 목말랐어. 마브와 골디, 로크 추기경 사건 후에 너무 잠잠했거든.
풀죽은 미호를 보는 건 정말 가슴 아파. 뭔가 할 일을 주지 않으면 난 사람도 아냐.

이제 거의 다 왔어요, 아저씨. 차 돌려요. 집에 가. 괜히 친구들 슬퍼할 일 만들지 말고.
지금 날 위협하나? 이 수다쟁이 계집이 뭘 믿고 이래? 주제를 알라구.

먼 사막에서
들려오는 천둥소리.
멎지 않을 것만 같다.

게일이 내 옆구리를
쿡 찌르고
놀라 튀어오르는
모습에 깔깔댄다.
그녀의 눈길이
옥상 가장자리에서
균형을 잡고 있는
요정을 향한다.

조그만 죽음의 사신 미호.

가엾은 주정뱅이들.
저 어리석고 취한
멍청이들. 10분 전만
해도 내 손으로 죽일
참이었는데. 이제는
놈들에게 달려가
더 늦기 전에
얼른 튀라고 알려주고
싶을 정도다.

그렇지만 난 열 발짝도
가지 못할 거다. 여기선
아가씨들이 법이다.
그들을 거스르는 건
자살행위다.

번개가 때린다.
그리고 뒤잇는 천둥.
이제는 더욱 가깝다.
가엾은 놈들.
가망이 없다.

드르르르륵
차르르르
철컥!
철컥!
이것으로 끝이다. 경고는 이미 늦었다. 아가씨들이 유일한 골목 출입구를 막아버렸다. 덫이 쳐진 것이다.
뭐가 잘못됐나? 놈들은 쓰레기다. 자기 무덤을 팠다. 한데 뱃속의 이 찜찜한 기분은 뭐지? 뭔가 끔찍하게, 엄청나게 잘못됐다는?
놈들이 누굴 죽인 건 아냐. 셸리에게 행패를 부리긴 했지만, 살인은 안 했어.
앞으로도 못할걸.

왜 이렇게
찜찜하지?
셸리의 말이
걸린다. 알아듣지
못한 그 말….
…좋아! 좋다구.
내가 좀 지나쳤어. 인정해.
나도 가끔은 실수를 한다고.
이쁜 아가씨더러 한 말이 아니니까
양해해. 힘든 일이 있었어.
힘들죠. 많이 취했고.
누구나 그럴 수 있죠. 그럴 땐
여자 말고 잠이 필요해요.
여자를 다룰 수 없어요.
그런 상태로는.
자넬 아주 우습게
보는데, 잭!
벌써 많이
봤어요.
보여 줘? 내가
뭘 갖고 있는지
보여 줘?
이걸
봤다고?
장난은 끝이야!
어서 타!
아아, 이런…
당신 방금
일생일대의
실수를 한
거예요!

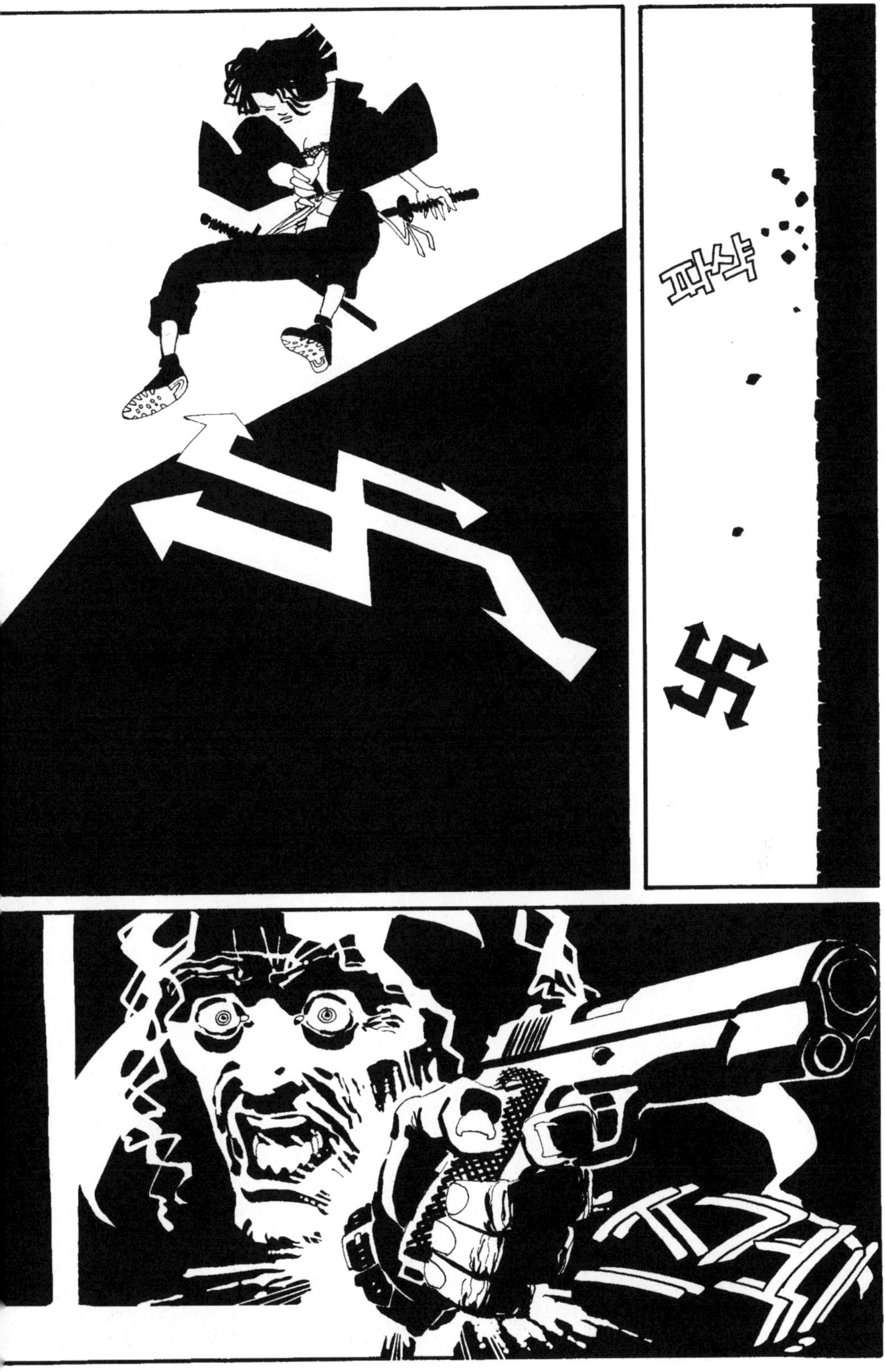

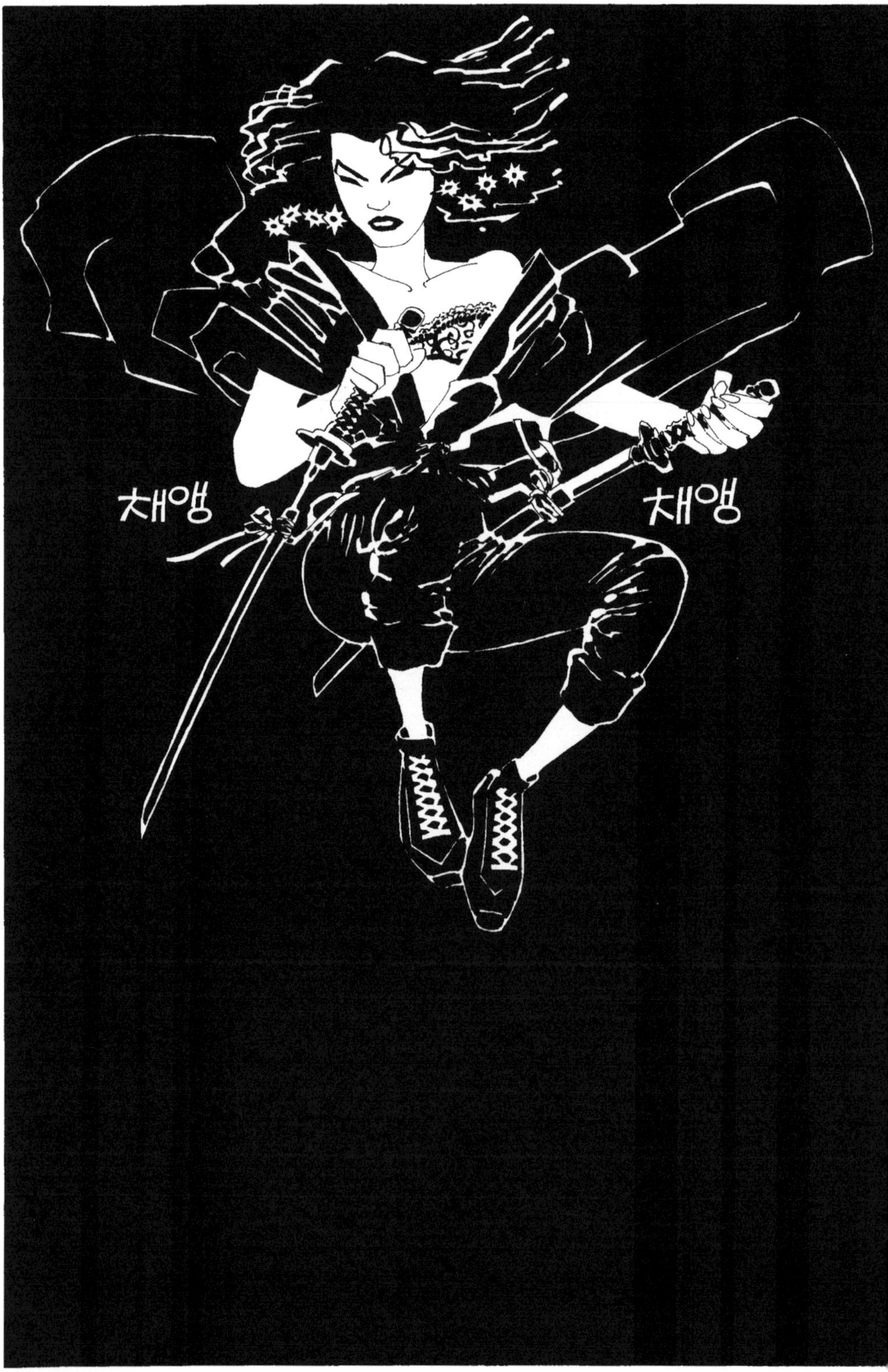
채앵
채앵

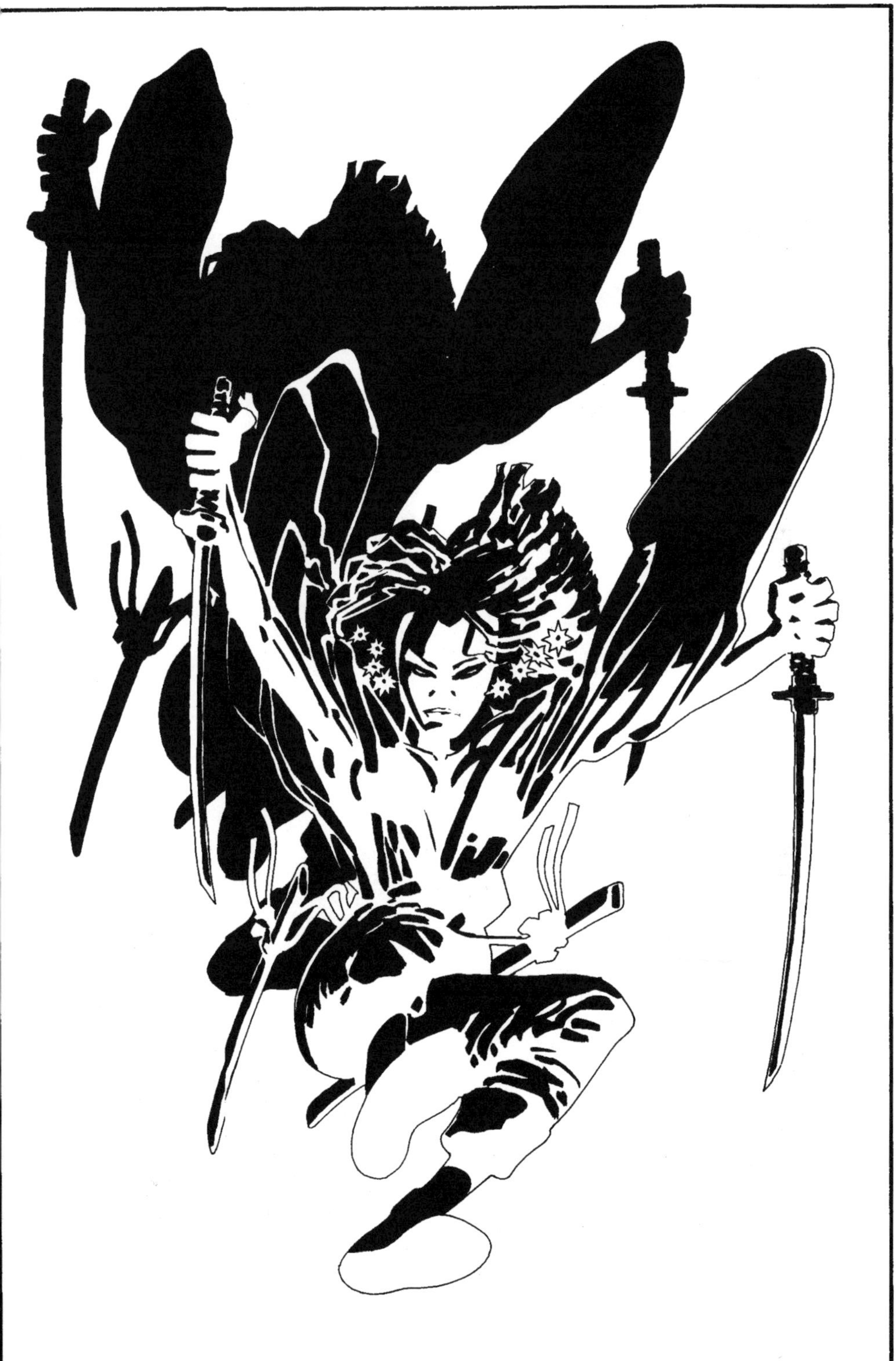

아, 맙소사.
내 손.
내 손, 아아.
하느님.
내 손.
뭔 일이야?
뭐야?
뭔데?

푸욱
푸욱
으앗,
뭐야!
푸욱
안 돼….

말도 안 돼. 난데없이 이게 무슨. 왜 이러는 거야!
내가 뭘 어쨌길래!
탕
꼼짝 마, 이 마녀! 말라비틀어진 갈보년!
총알을 박아주마! 내 분이 풀릴 때까지! 그만해 달라고 싹싹 빌게 될걸!
좋아! 해 보시지! 멋대로 날뛰어 봐! 넌 내 사정권 안이야! 어디 아파서 우는 꼴 좀 보자, 이년아!

미호를
겨눴어!
제발 진정하지?
놈은 벌써 끝장났어.
너무 멍청해서 저만 모르지.
바보짓 그만 해, 드와이트.
미호를 방해하지 마.
어쩌면 게일이 옳다.
재키보이는
너무 멍청하다.
너무 돌았는지도.
너무 맷집이 좋거나
너무 꼴통이거나
아니면 너무 취한
나머지 쭈그러지지
못하는 거다. 그래서
쇼크에 들어가
심장마비로 빨리
죽지 못하는 거다.
하나는 확실하다.
손이 잘려
집 한 채를 칠할
정도로 피를 흘려도
이 별스런 얼간이,
저능아, 사이코,
여성 혐오증인
개자식은 입을
안 닥친다는 거다.
너랑 그 떠버리
갈보년이 무슨 짓을
한 건지 알아!
날 불구로 만들다니!
내 인생은 끝이야! 엄청난
대가를 치러야 할걸!
함정이었어, 안 그래?
자, 인정하시지!
빌어먹을 함정에
빠뜨렸어!
아무 이유도
없이!

미호가 나를 0.1초쯤
쏘아보며 경고를
날린다. 연습을
방해하지 말 것.
경고는 한 번뿐이다.
빌어먹을 함정! 우리가 뭘 어쨌어! 누굴 다치게라도 했어?
제길, 다 갚아주마! 이 일대를 전부 불태워주지!
조심해.
응? 뭐? 누구야?
으윽!

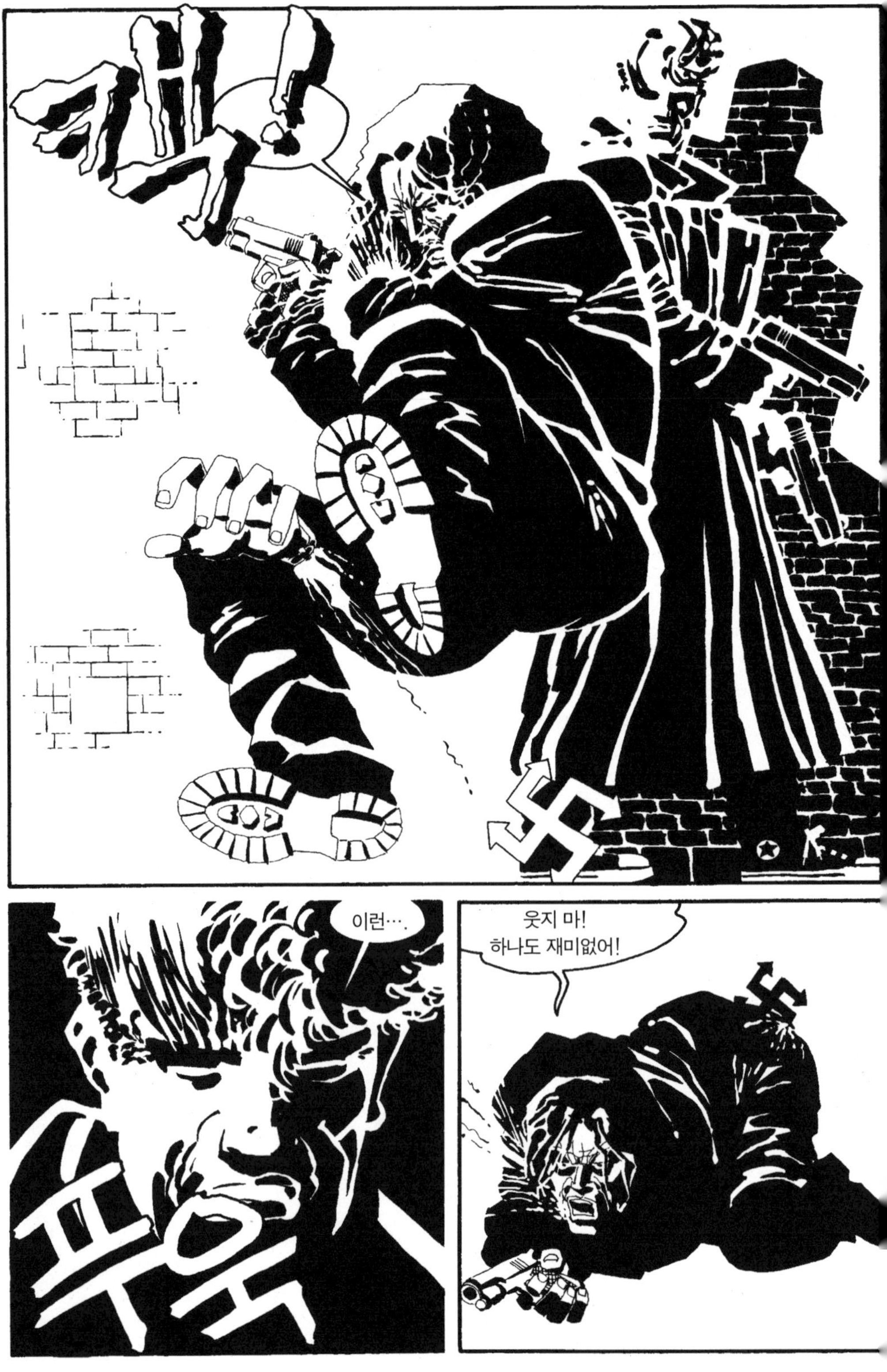
캣!
이런···.
푸욱
웃지 마!
하나도 재미없어!

난 친구가 많아! 상상도 못 할걸! 너희 모두 태워죽일 테다! 하지만 넌 총알 맛부터 봐야지, 이 말라비틀어진 쪽발이 갈보년!
꼼짝 마! 빌어먹을, 꼼짝 마!
그만해. 넌 장난감에 불과해. 포기하는 게 좋아.
아가리 닥쳐!
방아쇠 당기지 마. 총구가 막혔어. 난장판이 될걸.
투캉!
닥치라고 했지!

놈이 총구를 돌린다.
자기 연민에 찬
마지막 울부짖음.

푸욱

앞이 안 보여. 어떻게 된 거지? 아무것도 안 보여. 안 들려.
미호, 이제 그만 끝내지.
그래. 빨리 해치워.

미호는 놈을 깨끗이 베지 않아
놈의 머리가 몸에 붙어 덜렁거린다.

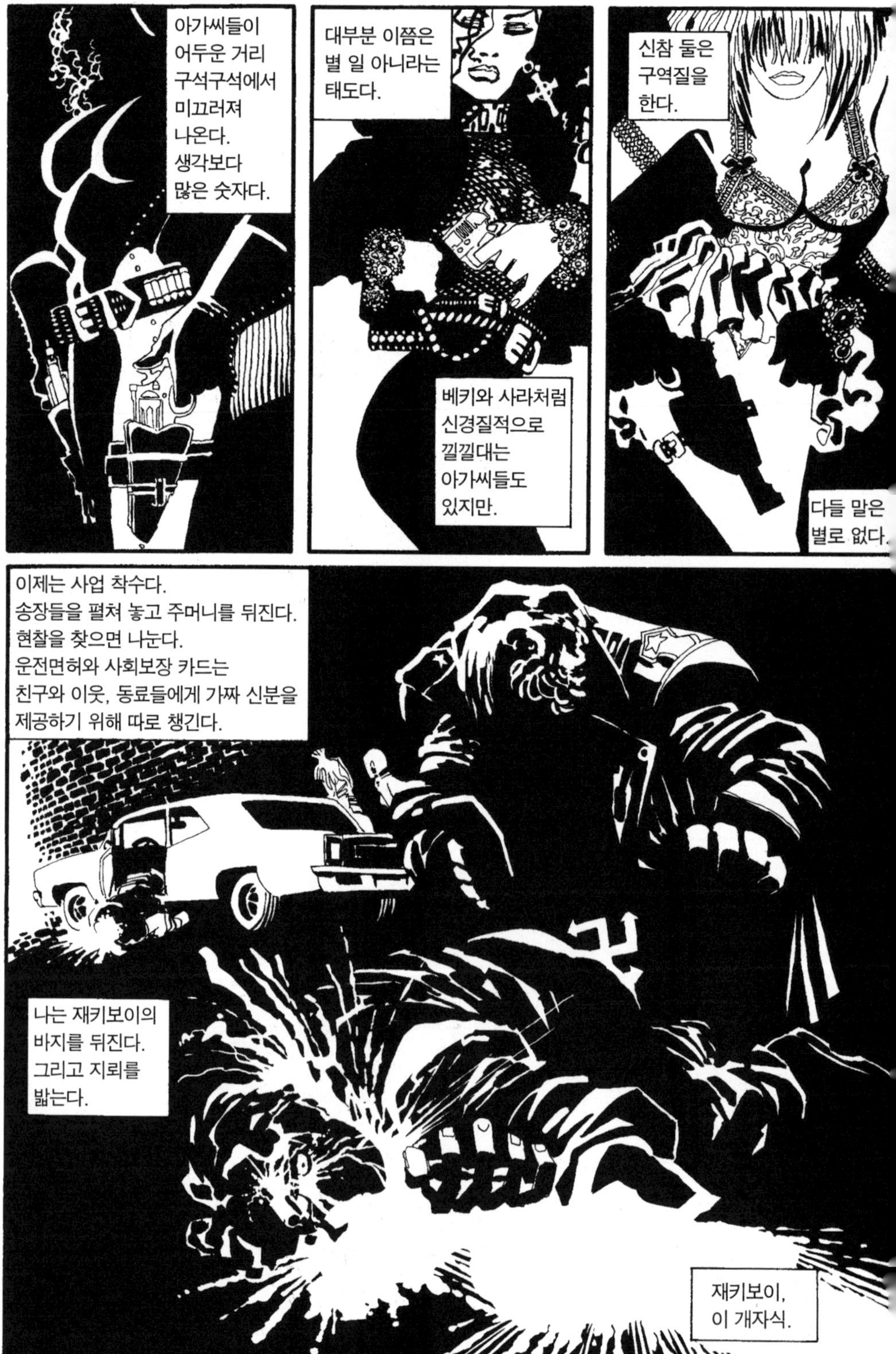

아가씨들이
어두운 거리
구석구석에서
미끄러져
나온다.
생각보다
많은 숫자다.
대부분 이쯤은
별 일 아니라는
태도다.
베키와 사라처럼
신경질적으로
낄낄대는
아가씨들도
있지만.
신참 둘은
구역질을
한다.
다들 말은
별로 없다.
이제는 사업 착수다.
송장들을 펼쳐 놓고 주머니를 뒤진다.
현찰을 찾으면 나눈다.
운전면허와 사회보장 카드는
친구와 이웃, 동료들에게 가짜 신분을
제공하기 위해 따로 챙긴다.
나는 재키보이의
바지를 뒤진다.
그리고 지뢰를
밟는다.
재키보이,
이 개자식.

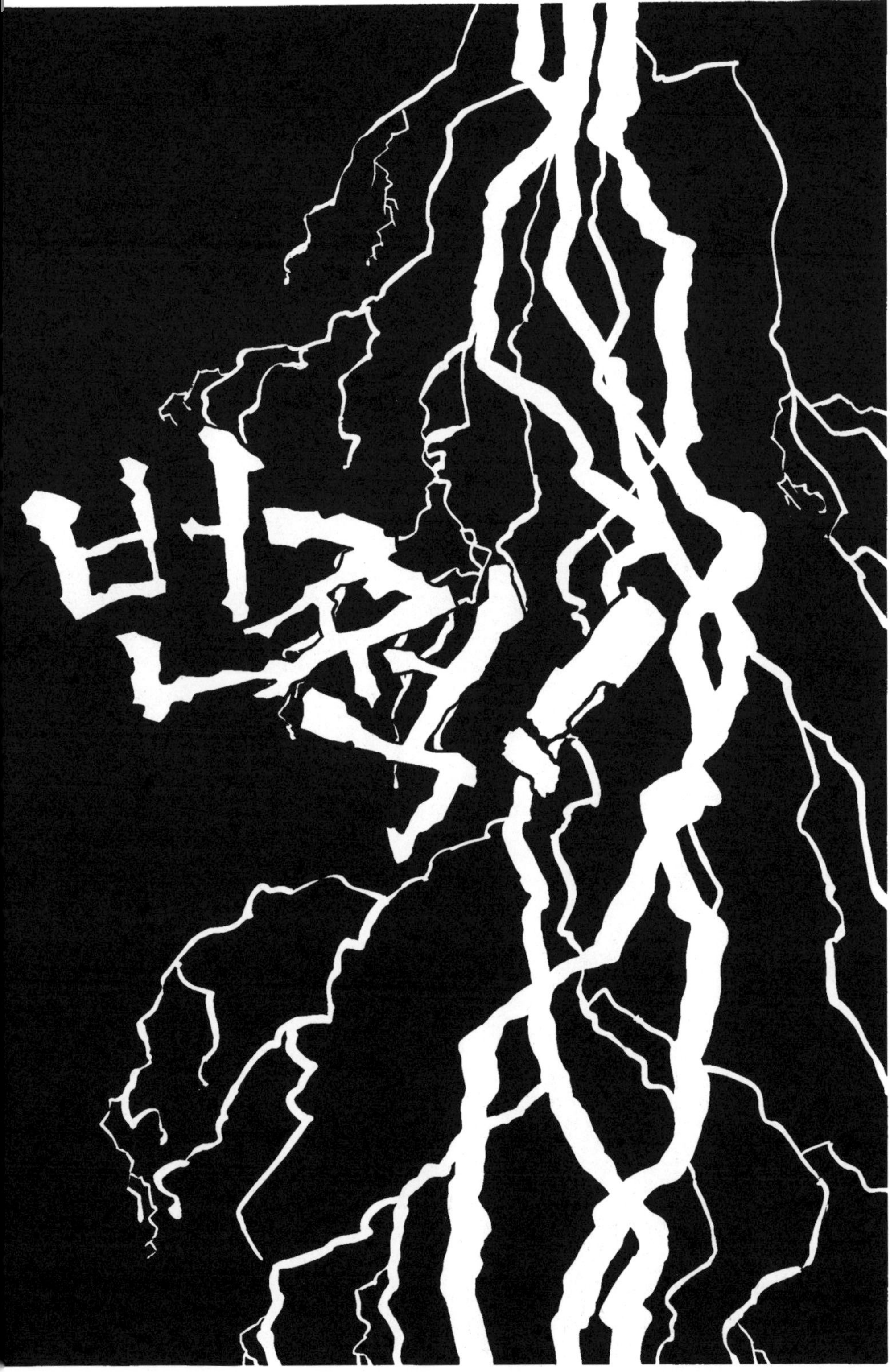
번쩍

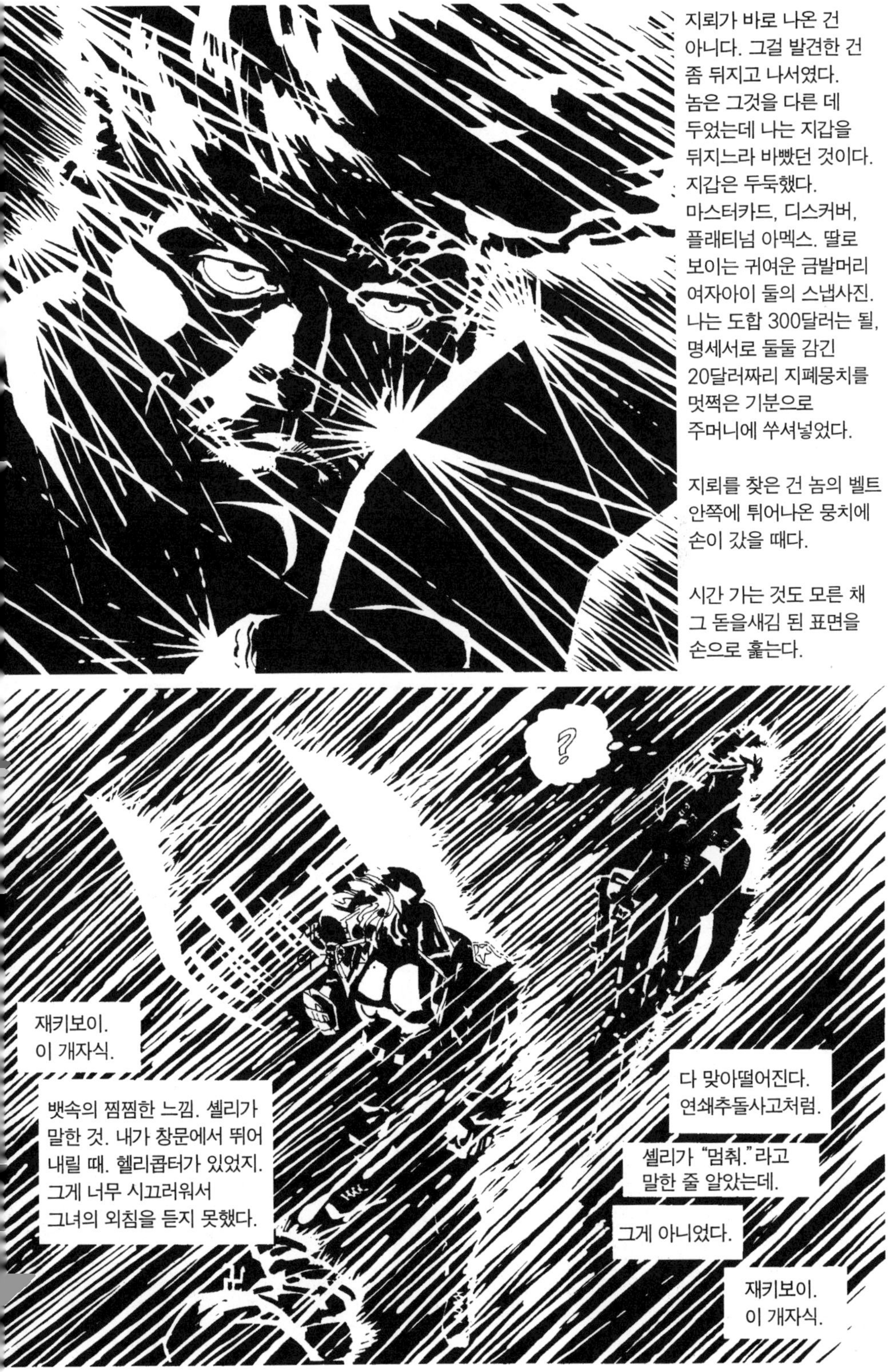
지뢰가 바로 나온 건
아니다. 그걸 발견한 건
좀 뒤지고 나서였다.
놈은 그것을 다른 데
두었는데 나는 지갑을
뒤지느라 바빴던 것이다.
지갑은 두둑했다.
마스터카드, 디스커버,
플래티넘 아멕스. 딸로
보이는 귀여운 금발머리
여자아이 둘의 스냅사진.
나는 도합 300달러는 될,
명세서로 둘둘 감긴
20달러짜리 지폐뭉치를
멋쩍은 기분으로
주머니에 쑤셔넣었다.
지뢰를 찾은 건 놈의 벨트
안쪽에 튀어나온 뭉치에
손이 갔을 때다.
시간 가는 것도 모른 채
그 돋을새김 된 표면을
손으로 훑는다.
?
재키보이.
이 개자식.
뱃속의 찜찜한 느낌. 셸리가
말한 것. 내가 창문에서 뛰어
내릴 때. 헬리콥터가 있었지.
그게 너무 시끄러워서
그녀의 외침을 듣지 못했다.
다 맞아떨어진다.
연쇄추돌사고처럼.
셸리가 "멈춰."라고
말한 줄 알았는데.
그게 아니었다.
재키보이.
이 개자식.

게일이 내 어깨너머로
그 지뢰에 눈길을 주고는
무시무시한 욕설들을
줄줄이 내뱉는다.

셀리는
"멈춰." 라고
말하지
않았다.
잠깐만 기다려서
그녀의 말을 들었더라면.
아가씨들에게 적당히
겁만 줘서 보내라고
경고라도 했을 텐데
"멈춰." 가
아니었다.
경찰" 이었다.
이 경찰이라고.
사반장 잭 래퍼티.
'강철의 잭',
문에도 난 자다.
그것도
영웅 경찰.
빌어먹을.

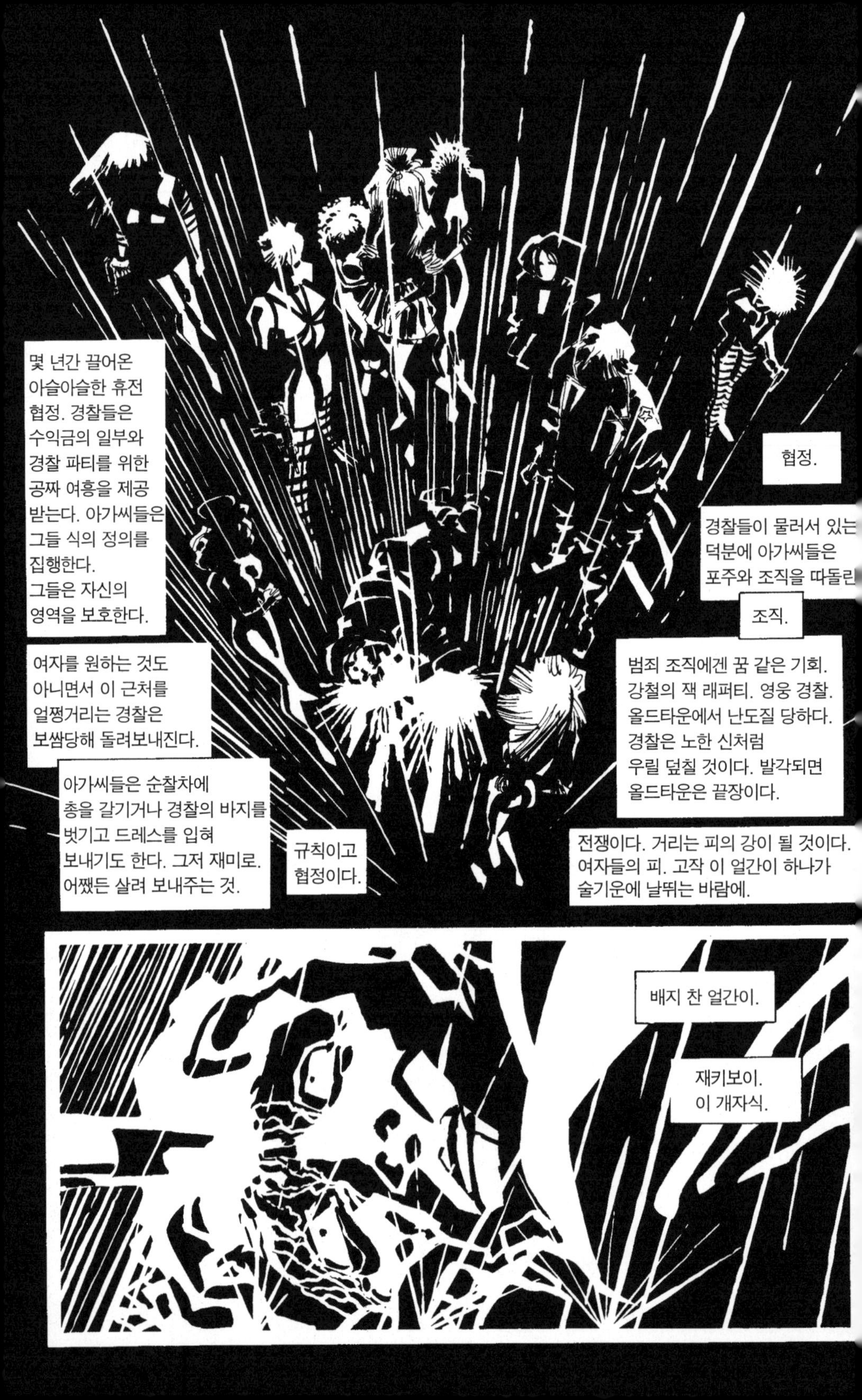
몇 년간 끌어온 아슬아슬한 휴전 협정. 경찰들은 수익금의 일부와 경찰 파티를 위한 공짜 여흥을 제공 받는다. 아가씨들은 그들 식의 정의를 집행한다. 그들은 자신의 영역을 보호한다.
여자를 원하는 것도 아니면서 이 근처를 얼쩡거리는 경찰은 보쌈당해 돌려보내진다.
아가씨들은 순찰차에 총을 갈기거나 경찰의 바지를 벗기고 드레스를 입혀 보내기도 한다. 그저 재미로. 어쨌든 살려 보내주는 것.
규칙이고 협정이다.
협정.
경찰들이 물러서 있는 덕분에 아가씨들은 포주와 조직을 따돌린
조직.
범죄 조직에겐 꿈 같은 기회. 강철의 잭 래퍼티. 영웅 경찰. 올드타운에서 난도질 당하다. 경찰은 노한 신처럼 우릴 덮칠 것이다. 발각되면 올드타운은 끝장이다.
전쟁이다. 거리는 피의 강이 될 것이다. 여자들의 피. 고작 이 얼간이 하나가 술기운에 날뛰는 바람에.
배지 찬 얼간이.
재키보이. 이 개자식.

CHAPT
THRE

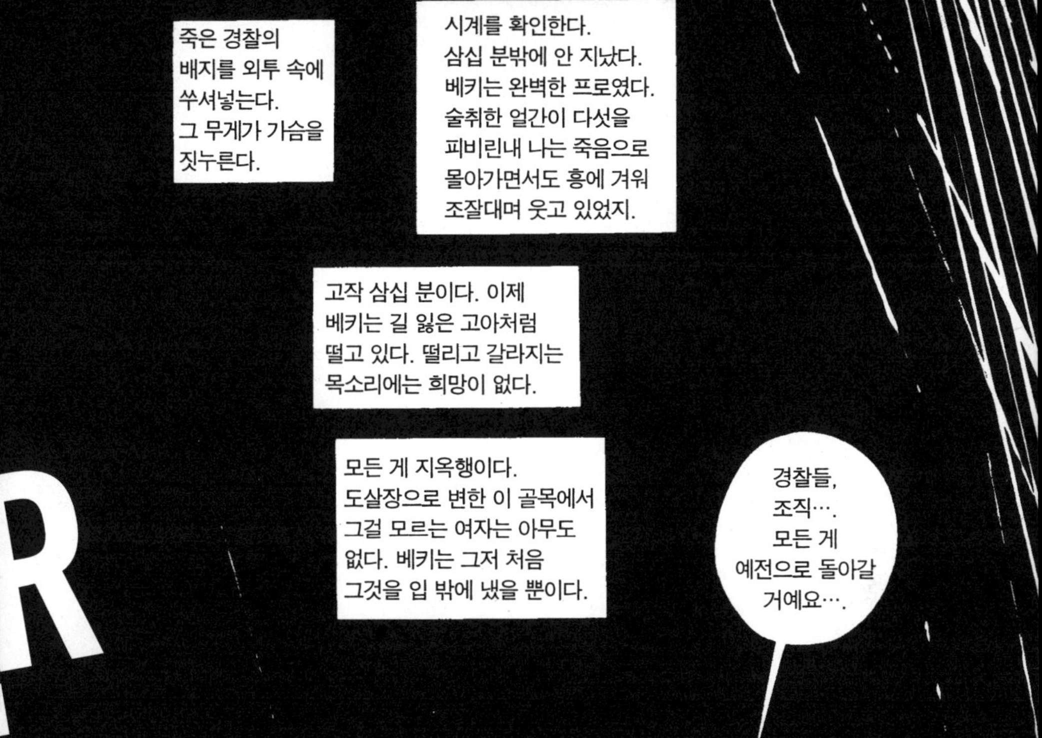
죽은 경찰의 배지를 외투 속에 쑤셔넣는다. 그 무게가 가슴을 짓누른다.
시계를 확인한다. 삼십 분밖에 안 지났다. 베키는 완벽한 프로였다. 술취한 얼간이 다섯을 피비린내 나는 죽음으로 몰아가면서도 흥에 겨워 조잘대며 웃고 있었지.
고작 삼십 분이다. 이제 베키는 길 잃은 고아처럼 떨고 있다. 떨리고 갈라지는 목소리에는 희망이 없다.
모든 게 지옥행이다. 도살장으로 변한 이 골목에서 그걸 모르는 여자는 아무도 없다. 베키는 그저 처음 그것을 입 밖에 냈을 뿐이다.
경찰들, 조직…. 모든 게 예전으로 돌아갈 거예요….

웃기지 마!
우린 총이 있어!
싸울 거야! 경찰이든 조직이든
우릴 넘보는 놈들
모두와 싸운다!
전쟁이야!
바보 같은
소리.
승산 따윈
없어.

죽은 경찰. 아이언 잭 래퍼티의 배지가 내 가슴을 차갑게 짓누른다. 이 아가씨들이 되살린 내 심장 위를. 총알받이가 되어 있던 나는 그때 죽은 목숨이나 마찬가지였다.
그들은 내 목숨을 구했다. 새 얼굴도 주었다. 두 번째 삶을 준 것이다. 그건 엄청난 빚이다.
뭘 믿고 이래라 저래라야? 여기 살지도 않는 주제에! 원하는 걸 얻고는 그냥 가버렸지! 그 멍청한 여급과 시시덕대러! 그렇게 가버리고선 이제야 돌아와 이런 골칫거리를 던져 놓다니!
당신 때문이야! 당신 머리를 당장 날려버려야 성이 차겠어!
히스테리 부릴 때가 아냐. 차를 구해 줘. 튼튼한 엔진에 하드탑으로.
총 저리 치워. 게일. 농담 아니야.

총 내려놔. 차를 구해 오면 시체는 내가 치운다.
시체를 치워?!
여기까지 쫓아온 경찰차는 어쩌고? 차 번호판을 안 적어 놨을까 봐? 경찰은 래퍼티가 여기 왔다는 걸 알고 있어! 강이든 하수구든 수색할걸! 찾아내고 말 거야!
기어이 찾아내서 우릴 겨누겠지!
구덩이가 있잖아. 거기에 시체들을 던지자. 구덩이는 수색 안 할 거야. 이제 그 총 저리 치워.
미호가 내 등 뒤로 다가온다.
게일의 한 마디면 난 두 동강 날 것이다.

구덩이까지 절대로 못 갈걸!
도로를 감시할 게 뻔해! 잡히고 말겠지!
우리에게 총을 겨눌 거야!
다시 그 악몽 같은 옛날로
돌아가겠지! 포주들! 마약!
폭력! 그리고 강간!
돌았나! 도로를 왜 감시하겠어!
아직은 아냐! 빌어먹을 하드탑이나
구해다 줘! 내가 실패하면 그때 가서
전쟁이든 뭐든 해! 하드탑을 갖다 주고
그 총을 내 앞에서 치워! 지금 당장!
빌어먹을, 경고했어!
철썩

나쁜자식!
…나쁜 자식.
빠른 건 여전하군.

나의 여전사. 내 머리를 거칠게 잡아당겨
내 입술에 자기 입술을 아플 만큼
밀어붙인다. 야만적이고 분노로 가득한
그녀의 입맞춤은 그녀가 내 것이 된
그 불타는 밤 이래 지금까지의
지루한 세월을 모두 날려버린다.
그녀는 늘
내것이다.
나의 여전사.
넌 영원히 내 여자다.
그리고 결코
내 것이 될 수 없다.
결코.

이 불꽃은 우리 둘 다를
태울 거다. 둘 다 죽일 거다.
이 세상에 이런 불꽃이
있을 자리는 없다.
영원히,
그리고
결코.
널 위해 오늘 밤
죽어야 한다면
기꺼이 죽지.

엔진이 튼튼한
하드탑으로. 그리고
트렁크가 커야 해!

내 캐딜락이라면 좋겠지만
래퍼티를 따라온 경찰이
내 번호판 역시 봤을지
모른다. 게다가
자금이 딸려서 부서진
지붕을 고치지 못했다.
지붕이 무너진 차를 타고
빗속에 늪으로 향하면
경찰에게 걸릴 것이
분명하다.

명령을 내리는 동안
내 뒤통수에는 줄곧
게일의 눈이 못 박혀 있다.
마치 레이저 광선처럼.
한 마디도 하지 않는다.
그 입맞춤은 마지막 인사
전혀 손색이 없었다.
우린 둘 다 그것으로
이별을 맞을 준비가
되어 있었다.

미끄러운 빗속에서 작업을 마친다. 시체를 운반할 준비다. 움직일 때마다 아이언 잭 래퍼티의 배지가 내 가슴을 때린다. 재키보이. 개자식.
날 한 방 먹였다.
도대체 이 고철은 뭐야? 트렁크 좀 보라지! 여기다 다 어떻게 넣어!
겨우 구한 거예요. 시간이 없잖아.
저, 게일…?
내가 할 일은 별로 없는 거 같은데, 집에 가도 될까요? 여기 있으려니까 속이 나빠져서요.

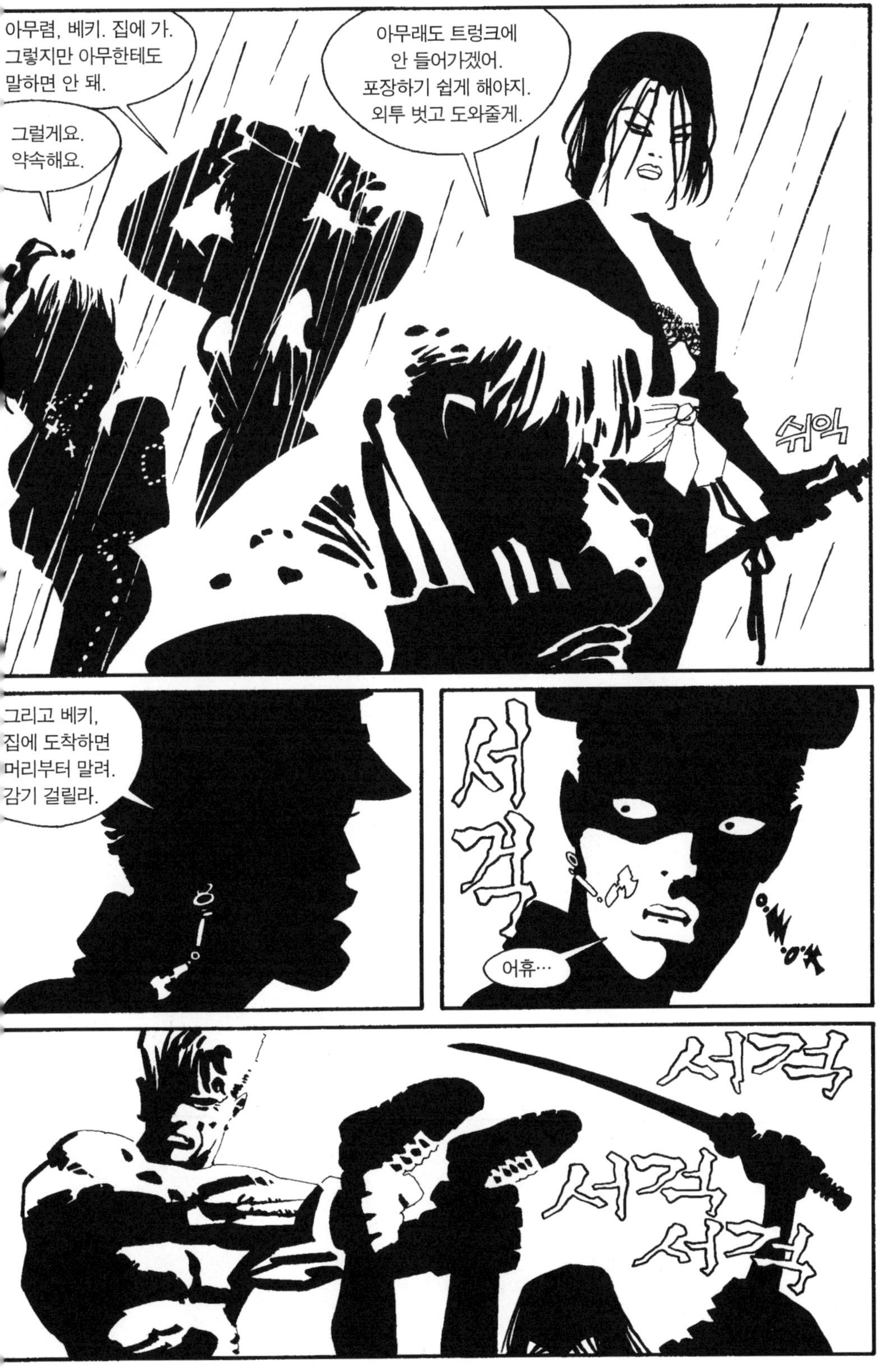
아무렴, 베키. 집에 가.
그렇지만 아무한테도
말하면 안 돼.
그럴게요.
약속해요.
아무래도 트렁크에
안 들어가겠어.
포장하기 쉽게 해야지.
외투 벗고 도와줄게.
쉬익
그리고 베키,
집에 도착하면
머리부터 말려.
감기 걸릴라.
서걱
어휴…
서걱
서걱
서걱

서걱
어이!
베키… 전화
금지야!
탁
탁
탁
엄마 목소리만
들을게. 아무 말도
안 할 거야.
게일한테는 비밀로
해줘. 화낼 거야.

정신 나간 여자들.
도대체 머리에 뭐가
들었담? 이런 고물
덩어리를 내주다니.
이런 건 바로
폐기처분해야 한다.
그게 도와주는 거다.

이 티버드도 옛날엔
멋졌겠지. 하지만
너무 혹사당했다.
주인이 누구였는지
오일교환 같은 건
사치라고 생각한 게
분명하다. 엔진이
움찔대며 속 불편한
노인네처럼 가스를
뿜는다. 스티어링은
관절염 증상을 보인다.
이 서스펜션으로는
길바닥에 난 구멍도
위험하다. 왼쪽 뒷바퀴
타이어는 썩은 바나나
만큼 무르다. 만약 새고
있는 거라면 끝장이다.
반듯반듯 토막난
시체들을 트렁크에 우겨
넣느라 스페어타이어를
들어냈으니까.

다섯 블록쯤 가다가
우연히 계기판을 내려다
보았다. 그러고는 나도
모르게 미친놈처럼
운전대를 주먹으로 갈겨
야 했다. 올드타운에서
일하는 모든 아가씨들과
그들의 일가친척까지
모두 저주나 받아라.

도대체 무슨 수로 8분의
1도 안 찬 연료 탱크로
구덩이까지 갔다가
돌아오란 말인가?

정신 나간 여자들!
정신 나간, 겁먹은,
멍청한 여자들! 기름
정도는 채워줬어야지!

침착해. 당황하면
곤란하다. 숨을 고르고
심호흡을 할 것.
필요한 것은 운뿐이다.
그것도 많이.
엄청나게 커다랗고
투실투실한 운 덩어리.
신의 가호라면
더욱 고맙겠지.

기름을 채우러 차를
세울 수는 없다.
뭐가 어찌 됐든
세울 수는 없다.
무엇도 날 세울 수 없다.

적어도 엉뚱한 고기를
수백 파운드 싣고 있는 한.

조수석에 이런 승객을
태우고 있는 한.

내 동행자.

공간이 부족했다.
아가씨 두 명이 트렁크
뚜껑을 깔고 앉아서
가까스로 트렁크를
잠갔을 정도다.

그러고도
재키보이가 남았다.

만약 이 고철이
4인승이었다면
놈을 뒷좌석에
던져 넣었을 것이다.
하지만 녀석을 내 옆에
둘 수밖에 없었다.
마음만 먹으면 누구든
놈을 볼 수 있을 것이다.

뭘 망설이나.
놈의 담배를 빌려라.
그러면 좀 낫겠지.

어서. 나아진다니까.

한 대 피우시게?
주둥이 닥쳐, 재키보이. 넌 죽었어. 이건 내 상상이고. 그러니까 닥쳐.
어련하겠어. 난 죽었고 넌 상상하는 거고. 그럼 네 정신상태가 어떤지 알 만하지 않아? 맛이 갔으니 헛게 들리지. 한 대 피워 물어.
알잖아. 진짜로 끊는 놈은 없어. 잠깐이면 모를까. 일이 안 풀리면 한 대 피워 물지 않고는 못 버티지. 안 풀리지? 땅에다 얼굴 처박은 꼴이야.
난 멀쩡해! 주둥이 닥쳐!

갑작스런 포효. 내 이와
자동차 부속 하나하나가
부들부들 떨며 지진 만난
철물점처럼 춤춘다.
경찰 헬리콥터다.
너무 가까워서 우리를
언덕에서 가볍게
날려버릴 것 같다.
!
맙소사! 잘못했다간
이 고철덩어리 지붕이
그대로 날아갈 참이다.
왜 저렇게 낮게 나는 거지?
진정해라. 정신 차려.
그저 조종사 장난이다.
겁주려 늘 그러지 않나.
정신을 놓아 버리면 안 돼.
재키보이는 무시해. 놈은
죽었다. 환각이다. 그저
신경이 뒤엉킨 것뿐이다.
귀를 막아라.
요즘 우리 헬리콥터에 달린 감시 장비 못 봤지? 스타트렉에서 튀어나온 거 같지. 저 위의 내 동료는 네 궁둥짝의 점까지 셀 수 있을걸.
당장에라도 확인만 하면 뭐든 알아내지. 넌 끝장났어. 그러니 참지 말고 한대 피워, 자기! 뭐 해 될 거 있겠어! 나나 너나 뒈진 건 마찬가진데!
귀를 막아라.
네 두려움의 소리일 뿐.
귀 기울이지 마라.

아아, 저건 또 뭐야? 큰일인데? 이 차로 경주나 할 수 있겠어? 매춘부년들…. 넌 엿 먹은 거야, 친구!
기름 떨어지면 콜 서비스라도 부르시게?
애애
매카시, 이 얼간이. 계집들한테 넘어가서는. 아마 지금쯤 배를 잡고 웃고 있을 거다! 넌 늪까지 못 가, 이 멍청아!
갈 수 있어! 가스도 충분해! 주둥이 닥쳐! 난 간다!
그러려면 운전에 집중해야지, 자기.

빠앙!
야, 이거
끝내주는데!
무슨 영화 같잖나!
닥쳐!

말해 두는데,
저 카우보이들이
날 봤다고.
금방 경찰한테
이를걸.
닥쳐!
OHOHOHOHOHOHOHOH
거 봐.

"난 죽었을지 몰라도,"
재키보이가 고함친다.
"난 죽었을지 몰라도,
넌 끝이야! 막장이야!
아웃! 끝장난 거지!
찔러 봐! 푹 익었지!
완전 갔어! 죽었어!
변기 밑바닥에서
빙글빙글!
하수구에 머리부터
뛰어든 꼴이지! 쫑이야!
물 내리면 끝!"

놈에게 닥치라고 할
기력도 없다. 놈은 분명
개자식이다. 틀림없다.
죽은 것도 틀림없다.
난 놈의 말을
상상하고 있는 거다.
그래도 놈의 말이
하나도 틀린 게 없다.

난 경찰에게 걸렸고
따돌릴 가망도 없다.
이런 고물로는.

이제 남은 건 그를
죽이느냐 마느냐뿐.

결정은 쉽지 않다.
누가 알겠나. 이 경찰이
지극히 정직하며
세상에서 가장 위대한
남자이자 성인 칭호를
받을 남자인지.
아니면 그저 마누라와
애가 딸린 평범한
가장으로, 죽어라
일해 융자나
메꾸는 남자일지.

손이 제멋대로
움직여 총 한 자루를
슬쩍 무릎으로
미끄러뜨린다.
방아쇠 뒤에
엄지를 건다.

어쩌란 말인가.

어쩌란 말인가.

아아, 이 갈등! 고뇌! 가슴이 찢어지는데!
안 세우면 혼날 텐데.
원하신다면.
꽈악!
철퍼덕
쿠당탕

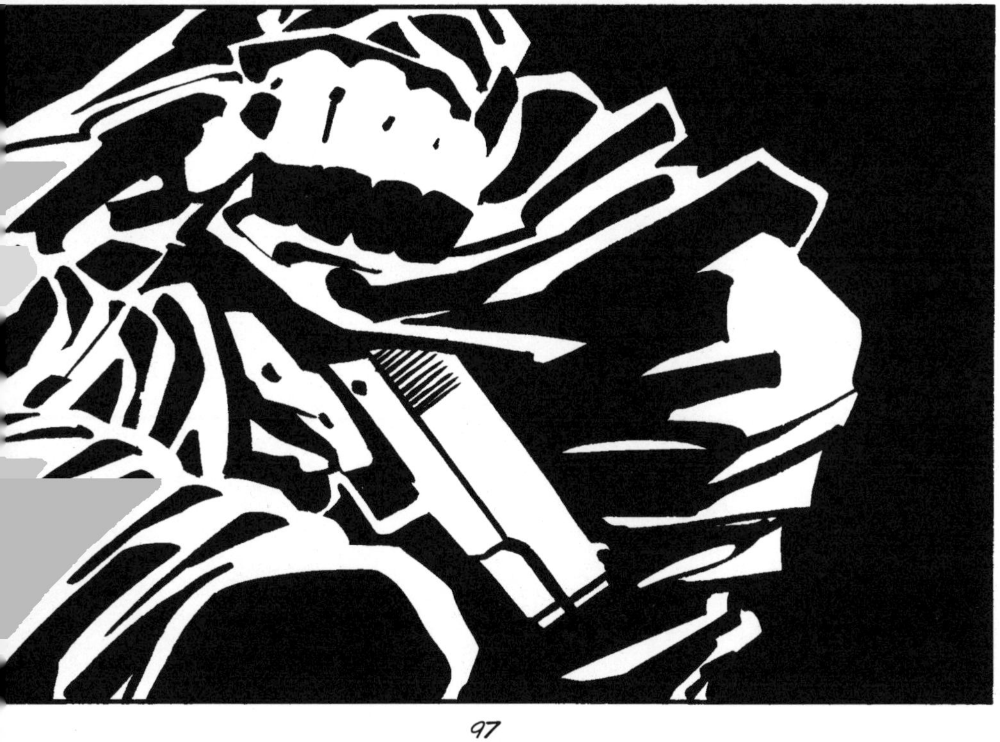

친구 분이
술이 좀
과하셨나?
예, 대리운전
중입니다.
미등이
나갔더군요.
경고로
봐드리죠.
애앵

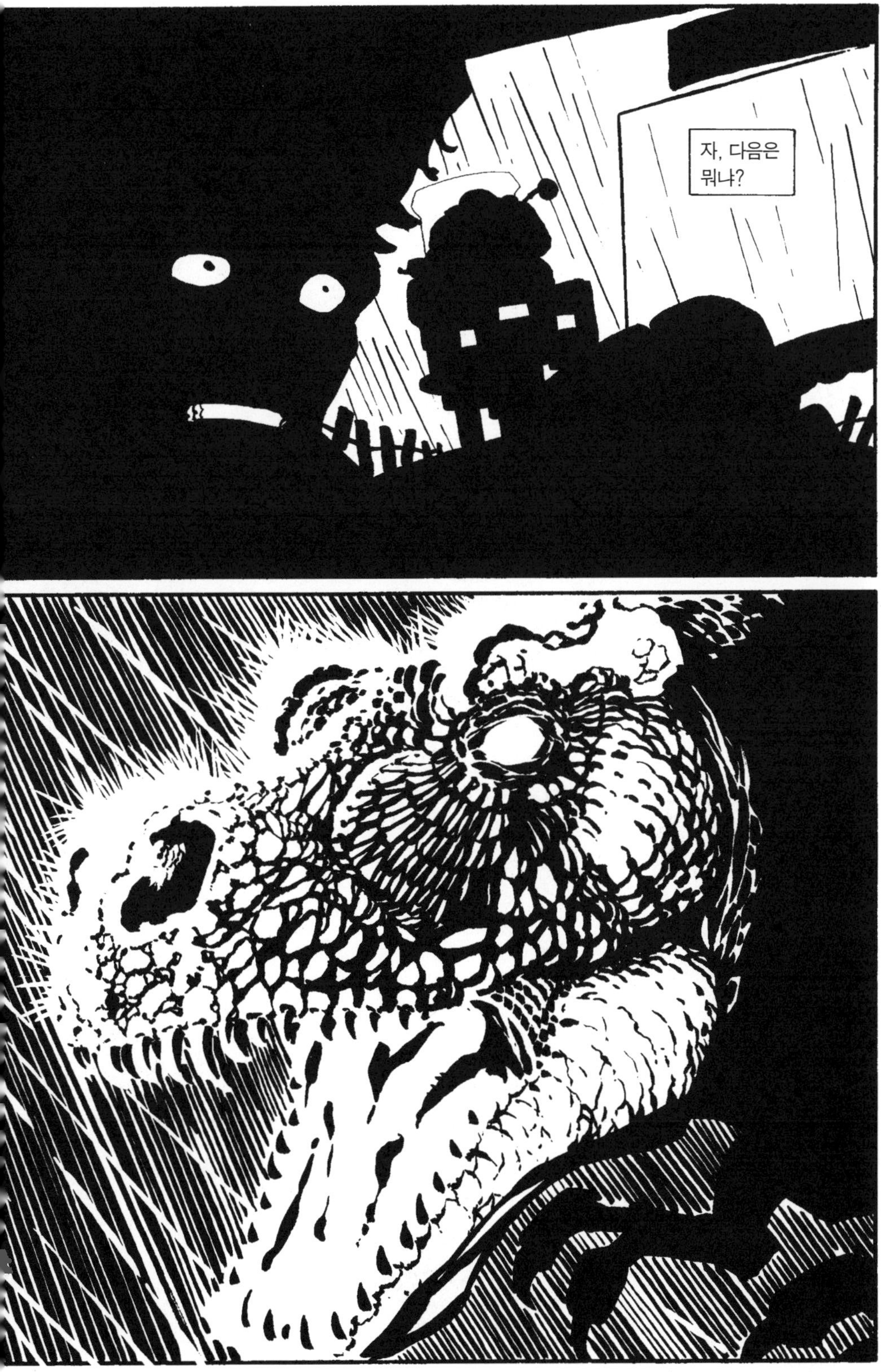
자, 다음은
뭐냐?

늪까지 4분의 1마일쯤
못 미쳐 기름이 바닥났다.
남은 거리는 직접 미는 수밖에.

200만 년쯤 전에,
이 산타욜란다 타르 구덩이는
이 부근에 살던 아둔한 거주민,
즉 구석기인들과 털북숭이
매머드, 그리고 호랑이 조상
한두 마리를 삼켰다.
그리고 그 뼈를 보존했다.
더 최근으로는 주 정부가
여기에 테마공원을 세운 결과
이 구덩이가 돈도
잡아먹는다는 걸 밝혀냈다.
커다란 검은 웅덩이와
오래된 뼈 무더기를 보러
몰려드는 관광객은
없었던 것이다.
살아 있는 동물처럼
꾸며 보기도 했지만
가짜 이빨을 달고 어정대는
호랑이를 봐 봤자
기분만 우울해질 뿐이었다.

그러다 거금의 제작비를 들인
공룡 영화가 히트를 친 후,
주정부는 몇백만 달러의
세금을 쏟아 부어
이 모든 공룡 모형들을 세웠다.
사업은 번창했다.
그러던 어느 날,
울타리가 부서지는 바람에
한 노파가 그 안으로 떨어져서
미처 끌어내기도 전에
심장마비를 일으켰다.
사진작가 지망생들이
현장을 찍었다.
다음날 아침 그 노파는
전국 일간지의 일면을
장식했고 남은 건 모든 비용을
떠안고 문을 닫는 것뿐이었다.

고등학생들은 날씨가 좋으면
늘 이곳에 숨어들었다.
담장의 개구멍을 찾는 건
일도 아니었다.

앞으로 몇 분만 더 힘내면
모두 끝이다. 기차를 잡아타고
여기를 떠나 집에 돌아가
하루를 마칠 것이다.

타앙!
으악!

CHAPTER

FOUR

앙탈은 그만둬. 괜히 너만 다칠 뿐이다.

희망은 버려.
모두 다 알고
왔으니까.
사랑하는 남자를
위해 타르 구덩이로
가겠다고?
궁금한가? 놈은
무사하지 못해.
곧 래퍼티 형사의
시체가 우리 손에
들어온다. 경찰과 너희
매춘부들 사이의 휴전은
끝이야.
너흰 잡혀들어가고
처형될 거다. 내 주인이
그 나머지를 차지할 테고.
너희는 노예가 된다.
결코 막을 수 없어.
그렇지만 네가
우리에게 협조하면
많은 목숨을 살릴 수 있다.
올드타운의 투항 조건을
협상하는 거다.
개자식.
네가 누군지
알아.
기억력이 좋군.
요전엔 네 패거리와 얽혀
고생을 좀 했지.
씬시티의 버러지들. 마브라는
짐승이 내 눈 한쪽을 뺏어갔지.
미호라는 암살자가 내 팔에 칼을 찔러넣었고.
그리고 네 소중한 드와이트 매카시는
내 가슴에 여섯 방을 쏴넣었지.

드와이트 매카시, 진흙탕에서 기어나와 여신을 죽이고 여신과 함께 죽을 영광마저 앗아간 놈.
난 지금 새 주인을 섬긴다. 곧 가련한 네 패거리도 그분을 섬길 거야.
옷을 입어라. 아까보다 덜 도발적인 것이 나을 거다. 오늘 밤은 악질들을 상대하게 될 테니.
서둘러라.
시간낭비야, 덩치 아저씨. 내가 젖은 옷을 모두 벗기를 기다렸지? 내 벗은 몸을 보려고 말야. 어때, 보니까 좋아? 이봐, 인정해. 알고 있어. 날 그렇게 꽉 끌어안았으니. 실은 꽤 흥분해 있겠지.

날 유혹할 생각 마라, 매춘부여. 속일 생각도 마라. 옷을 입어. 드와이트나 애도해라.
지금쯤 죽었을 테니까.
몇 분만 더 있으면 다 끝날 거다. 기차를 타고 여기를 떠나 집으로 가 하루를 마칠 것이다.
엉뚱하게도 셸리에게 전화하기로 한 것이 생각난다. 웃음이 터져나올 지경이다. 한 달은 지난 것 같은데 겨우 세 시간 동안 이 모든 바보짓과 너저분하고 추악한 일들이 벌어졌다니….

그렇지만 그 모두가 곧 끝난다.
이 고물 티버드와 승객들은 모두 타르 구덩이,
태초의 진창 속으로 가라앉을 것이다.
그리고 나와 올드타운의 아가씨들과
콘크리트 공룡들을 빼면
그 누구도 그들의 행방을 모를 것이다.
아이언 잭 래퍼티는 영원히 보존될 것이다.
다소 손상된, 20세기 말 불한당의 표본으로서
클럭
모든 게
곧 끝난다.

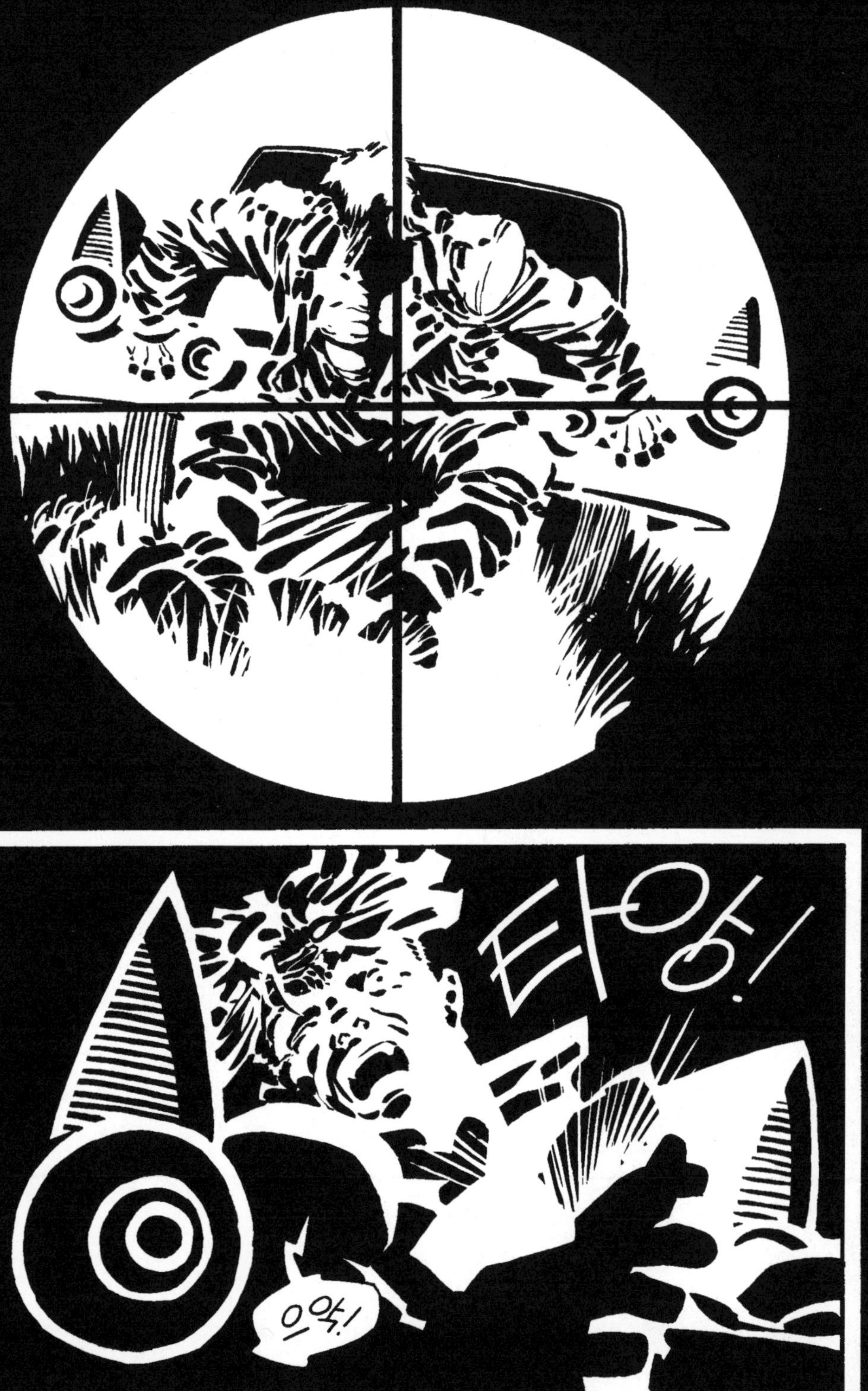
타앙!
으악!

흐억

미국인들은 이해가 안 가.

끝도 없이 불평하고 징징대지. 이 얼마나 좋은 나라냔 말야. 멋진 나라지. 세계의 등불이라고나 할까, 그렇고말고.
좀 닥쳐 주면 안 되겠어? 주둥이를 콱 꿰매버리는 수고 좀 덜게 말야. 응, 머피? 우리 모두 지겨워서 뒈지는 걸 봐야겠냐구.

우리 귀여운 메이브, 요 입에서 나오는 말 좀 들어보라고. 늘 뜬금없이 그런 식이지. 미국이 좋긴 좋아. 남녀평등. 낮은 세금 기회의 땅!
메이브는 늘 말이 너무 많아.
꺼져, 둘 다. 똥대가리들.
기회의 땅이지! 여기 말고 어디서 총알 한 방으로 이런 거금을 얻겠어?
아무렴. 공항이나 교회를 날려버리고 별 대가도 못 받는 것보다야 훨씬 낫지.

우웩
뭔가 찾았어, 머피?
응. 불쌍한 경찰 나리의 배지다. 그런데 완전히 휘었군. 뭔가가 박혀 있어….
…이런. 뭐야, 총탄이잖아.
재키보이의 배지.
내 가슴을 때리던.
내 심장 바로 위를.
이런, 염병할…

파바
크억
개자식!

이 새끼!
개자식!
드르르르륵
두다다다

타앙
파팟

아악!
퍼어엉
드르르륵

올라오는 쓴물을 삼킨다
토해낼 것은 없다.

놈들은 경찰이 아니다.
이 넷은 용병이다.
고용된 테러리스트.
그리고 내가 생각한 자가
그들을 고용한 것이라면
악몽은 이제부터
시작이다.

뭔가 무거운 것이
부드럽게 착륙한다.
4야드도 안 되는 곳이다.

모든 게
잘 되어 가고
있었는데…

마치 텔레비전 화면처럼 의식이 꺼진다. 충격이 머리를 직격한다. 치과용 드릴이 귓속을 파고든다.
그리고 그들의 말소리가 들린다.
잘 잡고는 있지만… 내가 헤라클레스도 아니고 말야. 이 새끼를 여기서 건져내려면 크레인이 필요할 판이야.

몸 전체를 배달할 필요는 없잖아, 브라이언?
듣고 보니 그렇군, 로니. 칼 좀 빌려줘.

빨리 좀 해.
잠이라도 잘까?
자,
이러면
되지?

됐다.
정말 끝내주는
물건이지?

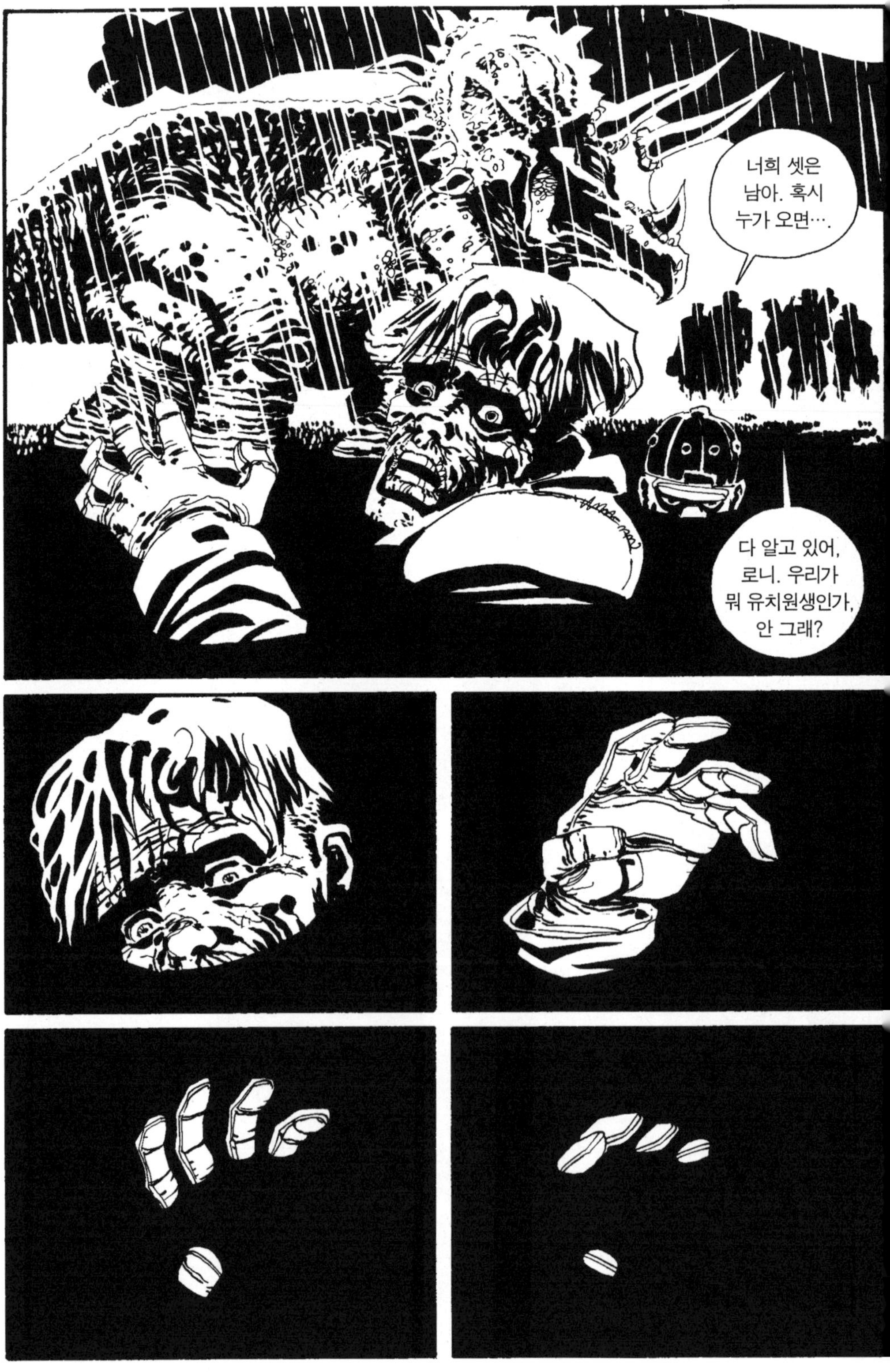
너희 셋은
남아. 혹시
누가 오면….
다 알고 있어,
로니. 우리가
뭐 유치원생인가,
안 그래?

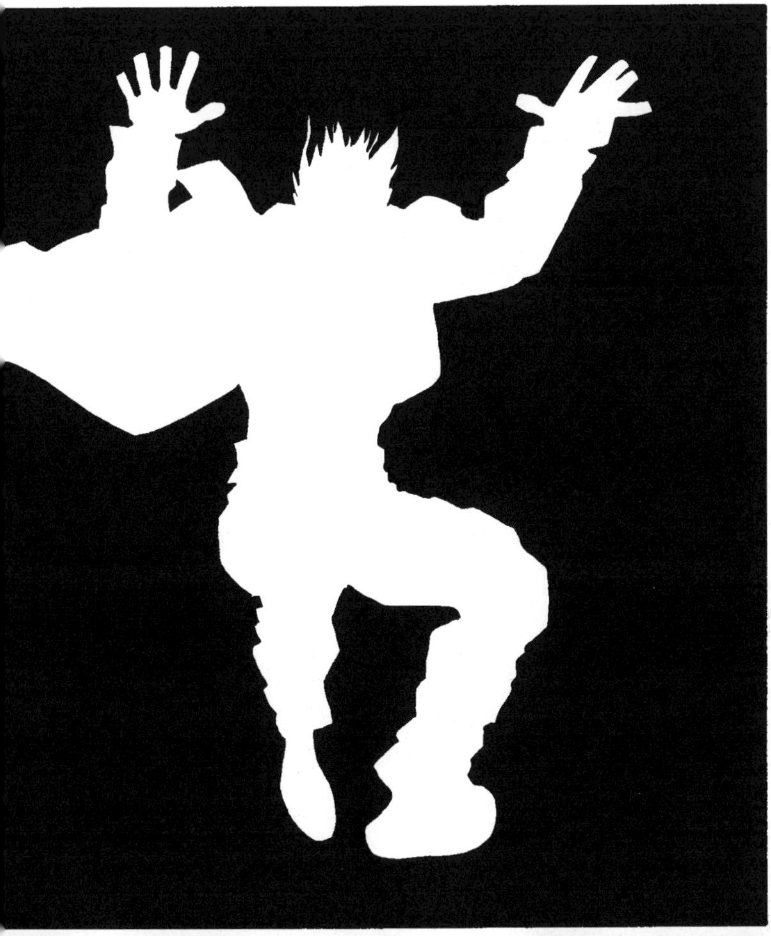

이제는 침묵.
재키보이의 웃음소리뿐.
그리고 그건 내 망상이다.

아무것도 없다. 소리도
빛도 없다. 숨 쉴 공기도.
뼛속 깊은 냉기와
콧구멍과 입술 사이로
밀려드는 타르의 끔찍한
기름 냄새뿐.

포기해라.
타르로 폐를 가득 채워라.
끝장났다. 아가씨들도.
날 믿어주었는데,
다 망쳐버렸다.

포기하고 푹 잠겨
남자답게 죽어라.
겁먹은 성가대 소년처럼
몸부림치고 예수님을
찾지 말고

신이여,
죽는 건 두렵지 않다.
그렇지만 이건 아니다.
당신에게 빈다.
나를 얼간이에 실패자,
패배자, 멍청이인 채로
죽게 하지 마라.

가느다란, 강철 같은
손가락이 내 손목을
휘감는다.

미호.

안 돼, 아가씨, 안 돼.
너무 늦었다.
너무 깊이 가라앉았어.
너까지 죽고 말 거다.

갑자기 위로
끌어당겨진다.

이건 꿈이다.
말도 안 돼.

말도 안 돼.

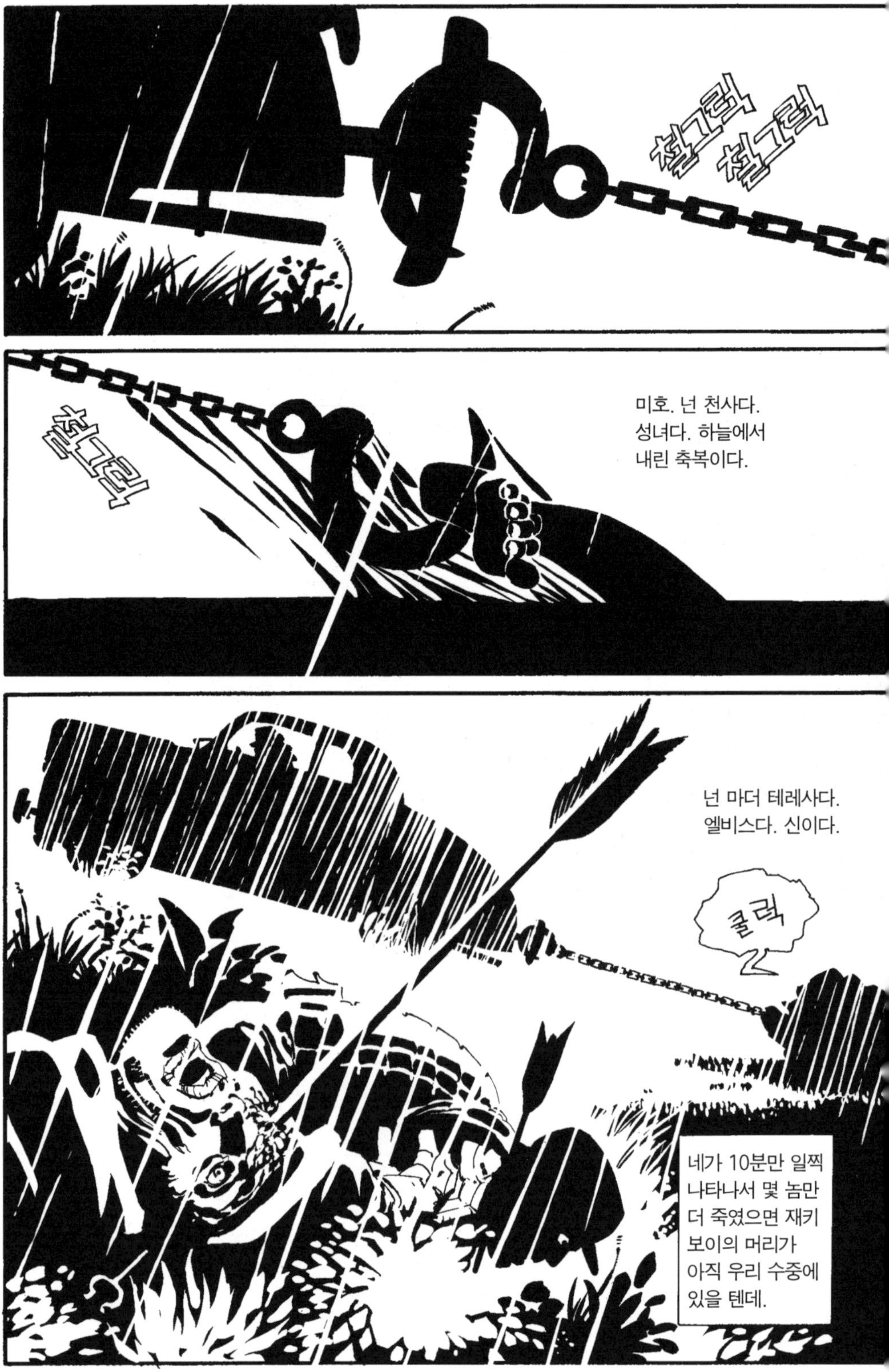
철그럭 철그럭
철그럭
미호. 넌 천사다. 성녀다. 하늘에서 내린 축복이다.
넌 마더 테레사다. 엘비스다. 신이다.
쿨럭
네가 10분만 일찍 나타나서 몇 놈만 더 죽였으면 재키 보이의 머리가 아직 우리 수중에 있을 텐데.

빌어먹을!
게일이 납치됐어!
게일이 차로 오기로 했는데! 안 나타났어! 집으로 갔더니 사라졌어! 납치된 거야!
할 일이 많아, 아가씨들. 시간은 병아리 눈물만큼이고. 올드타운에 스파이가 있는 게 분명해. 스파이를 찾아야지. 게일도 구해야 하고. 하지만 일단 재키보이의 머리를 손에 넣어야 해. 놈들에게 넘겨져 상황이 종료되기 전에 말이야.
용병 놈들은 멀리 못 갔어. 따라잡을 가망이 있어.
미호, 한 놈 이라도 불게 살려 놓지 않았어?

놈에게 지금 농담할 기분이
아님을 알려준다.
대화를 나눈다.

CHAPTER FIVE

480 B.C.

스파르타의 왕 레오니다스와 그의 사병 300명이
전투를 대비한다. 인류의 운명이 풍전등화다.

거대한 병력이 페르시아로부터 우레처럼 밀려온다.
온 땅이 사시나무 떨듯 술렁인다. 그들의 행군은
강물을 들이마셔 말려버리고
가축들을 굶주린, 분노한 신처럼 삼켜버린다.

그들은 행군을 멈추고 미약한 그리스를
덮칠 태세를 갖춘다. 민주주의를 짓밟고
이성의 불씨를 꺼뜨리기 위해서.

스파르타 전사들은 10만 대 1로
싸워야 한다. 그렇지만 레오니다스는
싸울 곳을 조심스레 선택했다.
'뜨거운 문(테르모필라이)' 이라 불리는 산길.
이 협곡으로 밀어닥친 페르시아 군대는
그들의 머릿수가 무용지물임을 깨닫는다.
스파르타인들은 잠에 취한 그리스가 그녀의
아들들을 깨워 결집할 시간을 벌 수 있었다.

문명의 희망은 스파르타인의 용맹 덕분에 되살아
난다. 그리고 싸울 곳을 신중히 선택한 덕분에.

그리고 세월이 흘러
나는 아름답게 복구된
1940년형 포드 쿠페를
타고 달리고 있다.
쿠페는 진흙탕 골목을
미끄러지며 금주법과
밀주꾼들의 시절 이래
버려져 있던
직선 코스의 뒷길로
로켓처럼 질주한다.
입으로 창자가 튀어나오지
않도록 안간힘을 쓰면서
우리는 용병들을 따라잡아
재키보이의 머리를 손에
넣게 되기를 기도한다.
그 개자식들이 그걸 조직에
전달하기 전에.

내 동승자들은 누가 봐도
인류 문명의 마지막 희망은
아니지만 내 친구들이다.
친구를 위해서는
일어서야 한다.

죽은 경찰의 담배를
하나하나 빨아들인다.
목구멍 속의 뜨거운 자갈
덩어리를 달래고,
똑바로 생각하려 한다.

더 이상 오판은 없다.
바보 같은 실수도 없다.
똑똑하게. 침착하게
굴어라. 진중하게 굴어라.
너의 가치를 보여라.

친구들을 위해 일어서라.
사생결단을 내는 거다.

좌우로 미끄러지며
진입로로 들어선다.
낡은 포드를 다그쳐
조각난 벽돌들과 하수관과
욕조만 한 도로의 구멍들을
가로지른다.

이 좁은 지름길 덕분에
우리가 죽일 외지인들을
앞지를 수 있을 것인지는
곧 알게 되겠지.

저기 있군! 이젠 어쩌지? 뭘 하지?
놈들을 세워. 댈러스.
렇게 하는 게 니었다.
댈러스는 힘껏 밟는다. 말려도 소용없다.
댈러스, 안 돼!
놈들을 세우라며. 맞아. 세워야 돼. 이러면 서겠지! 빌어먹을! 영원히 서겠지!
미쳤군!
모두 죽일 참인가!
눈치 챘어야 했는데.
이 여잔 정신이 나갔어…

모든 게
산산조각이다….
산산조각….
재키보이의 머리가
이렇게 가까운데.
손만 뻗으면
바로 잡아챌 수
있을 것 같다.
계기판이
갑자기 튀어올라
내 얼굴을
후려치고
혼을 빼어간다.
눈앞에 불이
번쩍인다.
기관총 소리….
댈러스가 끔찍한 죽음의
춤을 춘다. 놈들의 총탄에
온몸이 찢기면서도
저주를 퍼붓는다.

대가리 잡아, 이 멍청아! 대가리!
잡았어, 잡았어….
드륵드륵 드륵드륵
난 저능아처럼 차문을 붙들고 허둥댄다. 미호가 나선다.
조그만 죽음의 사신 미호. 그녀는 재빠르게 벤다. 조용히 죽인다.
상대는 고통도 느끼지 않는다. 그녀가 의도 하지 않는 한.
으윽!
멍청한 갈보년, 이거나 받아!

또르륵
퍼엉
연기와 불꽃이 엉켜
눈이 멀 지경이다.
미호가 살았는지
죽었는지도
보이지 않는다.
나는 끝내 두 발로
일어선다. 주저앉지
않겠다. 내 털끝
하나까지 그들의
피를 원한다.

타앙
파박
얼른 내려오렴, 얘야. 머리가 필요한 거 아냐?
자, 어서. 재밌다구.

촤아아
흐읍
용감한 꼬말세. 당장 네 귓구멍에 총알을 박아넣고 싶지만….
…내 총이 온통 젖어서 못 쓰게 됐네 그려.
제대로 잡았군. 무력한 처지야.
봐주길 기대하는 건 무리겠지, 안 그래?
귀를 막아라.
신중히 조준하라.
어서 쓰러뜨려.

철컥
으아악
솔직히 말하지. 총이 젖었다는 건 새빨간 거짓말이야. 난 쏘는 건 별로거든. 날리는 쪽이 재밌지.
지붕이 터져나가고 몸뚱이들이 여기저기 날아다니는 게 권총의 빵야빵야하고 비교가 되겠냐고.
그리고 수류탄이랑 리모컨 같은 이쁜이들도 많거든. 거의 예술의 경지지, 아무렴.
그렇지만 넌 칼로 끝장낼 거야 내 동료들을 죽였으니 괴롭혀줘야지. 아일랜드 사람의 복수심을 건드린 건 실수야
어디다 찔러넣을지 상상도 못 할걸. 아파도 참아.

간다,
이 염병할 개자식!
등짝에 직빵….
어억
서걱
조그만
사신 미호.
상대는
느끼지 못한다.
미호의 의도가
아니라면.
미호가
칼날을 비튼다.
놈이 느낀다.

폭풍이 그 어느 때보다
사납다. 발을 구르고
주먹질을 해대며 뼛속까
적신다. 귀가 먹먹해지고
눈이 먼다. 세상이 끝날
같다. 씬시티를 일 년에
한 번 때릴까 말까 한 비

비가 싫다. 명료하게
생각하지 못하게 만든다.

머릿속에 찬 물을 털어
생각을 분명히 한다. 가
댈러스의 카폰을 집어들
일생이 걸린 전화를 건다
미호에게 남은 할 일과
그 방법을 가르쳐 준다.

우선 게일을 구해야 한다
놈들을 죽이는 건 그 다
성대한 죽음의
향연이 될 거다.

바람이 잠깐 숨을 죽이자
어디선가 비명이
들려오는 듯하다.
작고, 멀고, 무력한.

게일.

기다려.

기다려줘.

그녀의 비명이
들려오는 듯하다.

아아아아아

아우아아아
이런… 우린 멀뚱멀뚱 구경만 하나?
농담해? 난 데이비스의 작업은 밤새라도 볼 수 있어. 녀석은 예술가야. 저 여자의 달콤한 입술이 떨리고 비틀리는 것 좀 봐.
아아우우
아아우
지당하신 말씀. 난 예술가야. 모르겠어? 예술가라구.

오로지 손만 쓰고 상처 하나 안 남기지. 예술가만 가능해. 넌 상처 하나 없이 여기 왔을 때와 똑같이 아름다워.
저 사람들 말 들어, 게일. 도저히 더는 못 보겠어.
자, 이제 나 하는 거 봐봐. 손만 써서 말이야.
아직 도구상자는 필요없다구.

…베키?
끝났어, 게일. 버텨도 소용없어 아일랜드 용병들이 한 시간쯤 전에 전화했어. 드와이트는 죽었고 경찰의 시체 일부를 손에 넣었대 조직이 경찰 본부에 넘길 거야 협상해야 해.
이 쬐끄만 암캐. 너였어. 우릴 팔아넘겼어.
어쩔 수 없었어! 우리 엄말 두고 협박했단 말야! 나도 모든 게 너무 괴로워서 그냥 어디든 처박혀 죽어버리고 싶어!
가슴이 찢어진다.
시간낭비 말고 도구를 꺼내라고 해. 진짜 쇼를 벌이라고.
화가 나겠지. 죽이고 싶겠지, 게일. 그렇지만 엎질러진 물이고 더 이상 어떻게 못 해. 이성적으로 굴어. 이 사람들과 협상해야 돼. 이런 식으로 버티는 건 이기적이야. 수많은 여자애들이 개죽음당해.

게일, 빌어먹을…. 그런 식으로 노려보지 마! 내가 자기랑 친구들을 얼마나 사랑하는지 알잖아! 자긴 내 친언니나 마찬가지야! 그렇지만 엄마가! 엄말 협박했다구!
돈 때문이겠지, 엄마가 아니고. 이 개 같은 년, 네가 우릴 팔아넘겼어. 널 죽여버리겠어.
물론 엄청난 돈도 있었지! 우리 엄말 보호해? 아무렴! 올드타운으로 데려와서 딸이 빌어먹을 창녀란 걸 보여주려고!
너는 절대 못 줄 걸 제시했다고! 여기서 나가는 길!
배반자가 되든 뭐가 되든 선택의 여지는 없었어! 내 목은 내가 지켜야 하니까 말야!
네 목, 네 목, 네 소중하고 말라비틀어진 작은 목….

우지직
철썩

았어. 넌 돌았어.
목을 물어뜯으려고,
친 창녀.
이걸로 끝나지 않아. 맹세해. 개 같은 년.
됐어! 데이비스… 도구를 가져와.
스투카… 죽여.
안 돼! 약속했잖아.
멍청한 년. 꼴좋게 됐군.
드디어 일다운 일을 맡겨 주시는군!
어디 조용한 데로 데려가도 돼?
이런 기회가 매일 굴러 들어오는 건 아니잖아.

슈웅
에이...
안 보여! 아무도 없어!
이것 좀 봐. 날 완전히 관통했어. 이봐들. 봐봐. 직빵으로 뚫었어.
뭔가 둘둘 말려 있어. 메시지 같은데.
이리 줘.

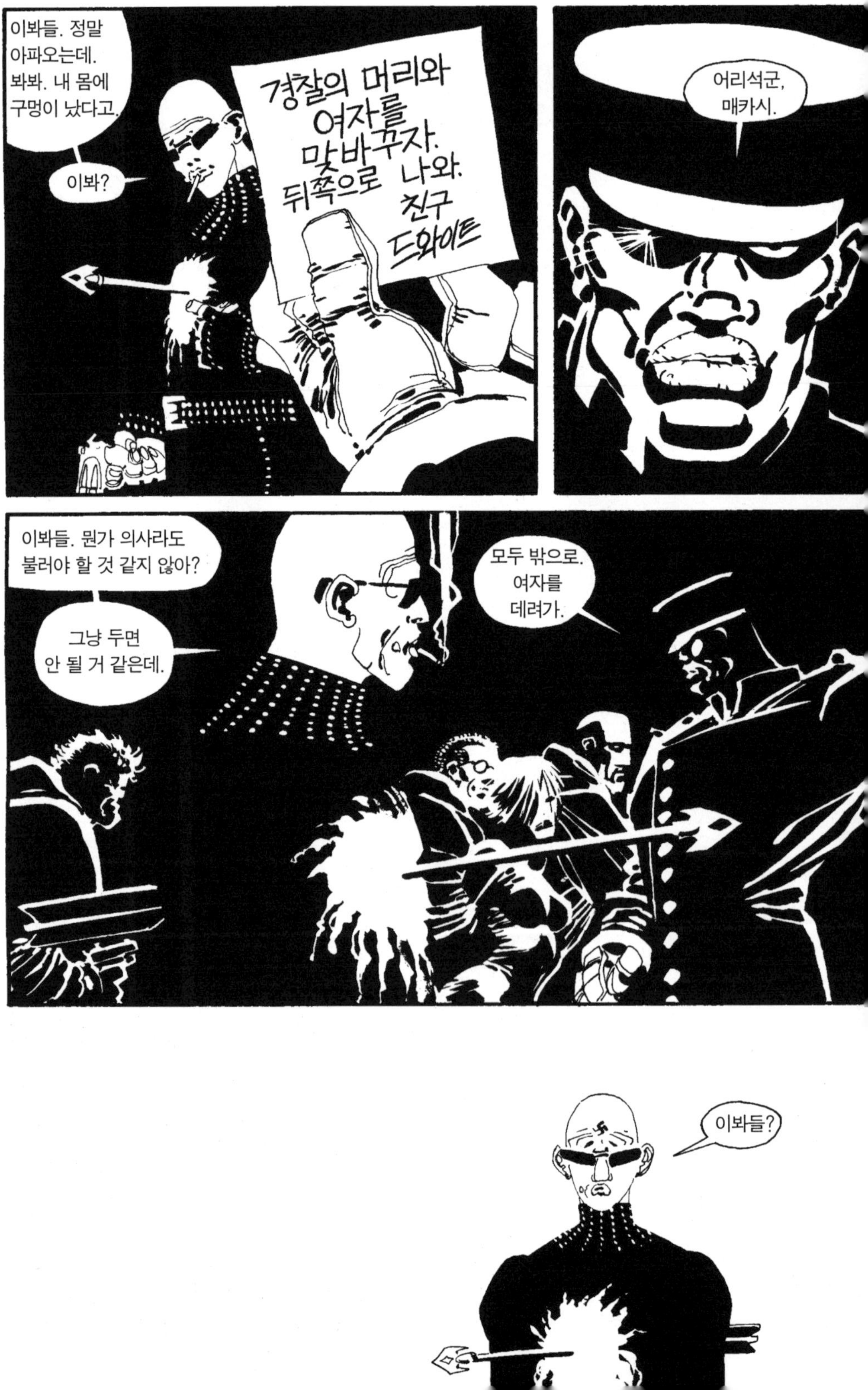
이봐들. 정말
아파오는데.
봐봐. 내 몸에
구멍이 났다고.
이봐?
경찰의 머리와 여자를 맞바꾸자. 뒤쪽으로 나와. 친구 드와이트
어리석군,
매카시.
이봐들. 뭔가 의사라도
불러야 할 것 같지 않아?
그냥 두면
안 될 거 같은데.
모두 밖으로.
여자를
데려가.
이봐들?

카탕앙

아으…
밖으로 나온다.
수십 명은 되겠는데.
발끝까지 무장했군.

이쪽은 머릿수도 달리고 총도 부족하다.
그렇지만 통로는 굽어 있고 어둡다.
그리고 아주, 아주 좁다.
놈들은 좁은 길로 밀어닥쳐 서로의 길을 막는다.
놈들은 나를 포위할 수 없다.
머릿수는 의미가 없다.
때때로 불가능을 가능하게 할 수도 있다.
어디서 싸울지만 신중하게 결정하면.

어어, 잠깐….
드와이트, 그러지 마.
올드타운은 가져라. 상관없다. 여자만 넘겨라.
아무렴, 공평하게 여자는 넘기지.
잠깐만…, 뭔가 이상해.
닥쳐. 쏴 버리 전에.
고맙다.
이제 너희를 쏴버리면 안 되는 이유라도 있나?
드와이트…, 도대체 왜…?

아냐! 이건 틀려! 경찰 입에는 테이프가 없었어!
왜 입에 테이프가 붙어 있지?
꾸욱
콰콰광

깜찍하군, 매카시,
하지만 그래 봤자…
..안돼!
매카시,
너 빌어먹을!
어디서 싸우느냐.
그건 아주 중요하다.
그렇지만 친구들이
총을 잔뜩 들고
등장하는 것에는
비할 수 없다.

천둥이
친다.
이들은 현재
정황에 빠삭하다.
데이지에게 전화해
분명히 말했고
모두에게 전달됐다.
모두 할 일을
알고 있다.
탈출구는 없다.
항복도. 자비도.
이 쥐새끼들을
마지막
한 마리까지
죽여야 한다.

마지막
하나까지.
복수가 아니다. 놈들이
악당이라서가 아니다.
이 세상이 깨끗해지기
위해서도 아니다.
정당하거나 고상한
명분 따윈 없다.
단지 놈들의
시체가 필요하니
죽여야 한다.
산더미 같은 시체가 필요하다.
조직의 보스 웰링키스트가
계산기를 두들겨 올드타운의
아가씨들을 넘본 대가를
따져 볼 마음이 들도록.

천둥은 멎지 않는다. 쏘고 장전하고 쏘고 장전하고 쏜다. 놈들의 머리가 폭발하고 내장이 정육점 고기토막처럼 날아다니고 축축한 거죽과 살코기가 벽에 두텁게 발리도록. 짙은 총연 속에서 비틀대는 흐릿한 윤곽에 그저 총알을 쏟아부을 뿐. 뒤틀린 형체들이 비명을 질러댄다.
내 곁에 선, 피에 목마른 발키리는 이 도살 광경에 순수한 증오의 즐거움으로 가득 차 소리 지르며 웃어댄다. 나도 그렇다.
끝.

Dedicated to

JOHNNY CRAIG

FM

GALLERY

ARTHUR **ADAMS**

MIKE **ALLRED**

SERGIO **ARAGONÉS**

PAUL **CHADWICK**

JOE **KUBERT**

MIKE **MIGNOLA**

JOHN **ROMITA**

JIM **SILKE**

WALTER **SIMONSON**

SERGIO **TOPPI**

SIN CITY
ART ADAMS 10-94

A Frank Millah Thrillah!
—MIKE ALLRED
Village Voice
SIN CITY
25¢
LOUTS!
LUGS!
HEROES!
& HUSSIES!
ALLRED '94

SHING
BREKK
BLAM!
ARAGONES

Kadie's

SIN CITY
MIGNOLA

JOHN
ROMITA

Silke
'94

STOPPI

씬시티3: 도살의 축제

1판 1쇄 펴냄 2006년 8월 23일
1판 4쇄 펴냄 2014년 9월 26일

지은이 프랭크 밀러
옮긴이 김지선
레터링 김수박
펴낸이 박상준
펴낸곳 세미콜론

출판등록 1997. 3. 24. (제16-1444호)
135-887 서울특별시 강남구 도산대로1길 62
대표전화 515-2000 팩시밀리 515-2007

ISBN 978-89-8371-343-8 04840
ISBN 978-89-8371-340-7 (전7권)

세미콜론은 이미지 시대를 열어 가는 (주)사이언스북스의 브랜드입니다.

www.semicolon.co.kr